中公文庫

ふらふら日記

田中小実昌

中央公論新社

ふらふら日記　目次

酔ってふらふら　61

たびタビの旅　135

ふらふら日記

さてきょうは

親子電球

渋谷駅から池袋行きの都バスにのり、千駄谷小学校前でおりる。ここで岡部冬彦さんと待ち合わせ、ぼくが生まれたところを、岡部さんがおしえてくださる約束だった。戸籍謄本を見ると、ぼくは大正十四年（一九二五年）四月二十九日に、東京府豊多摩郡千駄ヶ谷町大字千駄ヶ谷四九一番地で出生となっている。そこに、東京市民教会というのがあり、ぼくの父が牧師をしていたのだ。

教会には幼稚園もあって、岡部冬彦さんはここの園児だったとき、頭の禿《は》げた園長先生（牧師である、ぼくの父）に頭の毛の薄い男の子が生まれたのを、ぼんやりおぼえているような気がするそうだ。

ぼくの父は若禿げで、ぼくは生まれたときも、頭に毛がなかったらしい。それで、親子電球、とみんなで悪口を言ったという。大きな電球のなかに、ちいさな豆電球がはいっていて、紐《ひも》をひっぱると、パッと親電球がついたり、もういっぺん、紐をひくと、親電球が消えて、豆電球がついたりするやつだ。

たとえ幼稚園の園児でも、岡部冬彦さんは、栴檀《せんだん》は双葉より芳しかったはずで、親子電球なんて悪口も、幼稚園児の岡部さんあたりが言いだしたのかもしれない。この東京市民幼稚園には、三木鮎郎さんもいっていたという。

幼稚園の保育室の机や椅子《いす》を片隅《かたすみ》によせてつみあげ、広い床いっぱいに布団をしいて、その上で、ぼくは手をつかわない、足でける背泳ぎみたいなことをやっていた、と母はそうはなしていた。

東京市民教会は、アメリカのシアトルの日本人教会の牧師だった久布白直勝《くぶしろなおかつ》先生が、夫人の久布白落実《おちみ》先生とともにつくった教会だ。ぼくの父は、シアトルで久布白先生の教会の信者になり、前後してニホンにかえってきて、久布白先生が結核でなくなったため、市民教会の牧師になった。

市民教会は、東京都民教会と名前がかわり、現在は、世田谷区代田にあるが、牧師の井上喜雄先生から、教会の創立六十年記念誌をいただいた。

それによると、久布白直勝先生は、カリフォルニア州バークレイのユニテリアン神学校を卒業し、ハーバード大学でも神学、社会学、哲学を学んだという。当時の日本人としては、カントの本なども、たいへんによく読めた人らしい。ユニテリアンはプロテスタントの一派だが、マジメな人がおおく、理屈っぽいと言われた。ぼくの父は、久布白直勝先生とは、あとではずいぶんちがってきたけど、理屈っぽい男だったのだろう。

しかし、久布白先生やぼくの父も、理屈っぽいのなら、理屈で完結する物理学とかほかの科学でもやればいいのに、イエスだ、十字架だ、と根本的には理屈でないところにいってしまったのがおかしい。

不合理なるが故に信ず、というのも、じつは、はじめに信じてしまっていて、しかし、それを理屈では説明できず、だから、つまりは、こんな屁理屈《へりくつ》をコネたのだろう。

ぼくも、小説のなかでまで、屁理屈を言ったりするけど、理屈にあったような暮らしをしているわけではない。

久布白先生の奥さんの落実先生は、日本矯風会のリーダーで、戦後には参議院議員にもなった。一度だけお目にかかったことがあるが、福井県の勝山で、そのとき、ぼくはテキヤの子分だった。

消えた教会

ぼくは自分の生まれたところを、これまで知らないでいた。東京の千駄ヶ谷の市民教会の牧師を、ぼくの父がやってたときに生まれたことは、なんどもきいていたが、それが千駄ヶ谷のどこかわからなかったのだ。

十四、五年前、新宿から渋谷にいく都バスが明治通りをはしってるとき、通りの右側に、東京都民教会が、ちらっと見えた。木造の、ちいさな教会の感じだった。しかし、ぼくが生まれた東京市民教会が東京都民教会になったのかもしれないけど、場所はちがってるんじゃないかな、という気がした。

　ぼくは赤ん坊のとき、一歳までぐらいしか、そこにいないで、九州の小倉の西南女学院の牧師館に引っ越してるから、その場所をおぼえてるのではない。

　ただ、母からきいたはなしでは、もっと、千駄ヶ谷の駅に近いようにおもったのだ。それに、クルマで混雑した明治通りに、ぼくの生まれた教会がモロに面してるなんて、信じられないことだった。母のはなしだと、近くに、池田侯爵邸とか、徳大寺公爵邸などがあって、千駄ヶ谷駅にでるてまえには徳川さんのお邸《やしき》もあった、という。徳川さんの邸は、戦後も残っていて、大きく、古めかしい洋館で、千駄ヶ谷の駅のすぐそば、現在の都体育館のところにあったんじゃないかな。

　ともかく、それから一、二年たち、やはり、バスで明治通りをきて、東京都民教会をさがしたが、ふしぎなことに、見つからない。バスでいったり、きたりし、バスをおりて、あるいてもみたが、教会はない。

　明治通りをあるきながら、あちこちで、東京都民教会のことをたずねるのだが、だれも知らない。

　そのうち、とうとう、表参道までやってきて、「前に、キリスト教の教会が……？」と歩道に立ってたファッション屋のオジさんにたずねると、「ああ、そこ、ビルの工事をやってるところに、教会があったよ」とゆびさして、おしえてくれたが、そこは、明治通りと明治神宮の表参道の交差点のにぎやかなところで、母がはなしてくれた教会は、ますます遠くなる気持ちだった。しかし、ここに教会があったというのなら、しょうがない。だけど、まだ、ぼくはあきらめきれず……と言っても、それから、また五、六年たっている一昨日……岡部冬彦さんに電話した。くりかえすが、岡部さんは東京市民教会付属の幼稚園を卒園している。

ところが、岡部さんは、まだお寝《やす》み中だった。ぼくのところは、寝てる者は、ぜったいにおこさないことになっている。これは、親の代からで、生まれたばかりの赤ん坊のぼくも、お乳を飲むときのほかは、眠りっぱなしにしておき、おかげでぼくのうしろ頭はぺっちゃんこになったそうだ。

父が若禿げで、赤ん坊のぼくも頭に毛がなく、親子電球と言われた、その子電球が、電球のまろみがなく、片側がぺちゃんこになったんでは、どうしようもない。

ついでだが、ぼくが知ってる女のコにしては、たいへん美人の女のコがいた。この女のコが文筆業のぼくの先輩に電話してきたので、徹夜して、今は眠ってる、と先輩の奥さんがこたえると、だいじな用があるのでおこしてくれ、とくりかえし、先輩がふらふらおきてくると、来春、大学を卒業するので、就職の世話をしてくれ、と言ったそうだ。もちろん、ぼくはその美人のコとはつきあっていない。

あかるい冬の日

さいしょに、岡部冬彦さんに電話したときは、まだお寝みで、だいぶたって、また電話すると、もうお出かけだった。

それで、一〇四番に電話し、東京都民教会の電話番号をきいた。ぼくは、東京都民教会の前身の東京市民教会で生まれ、岡部冬彦さんは教会に付属した東京市民幼稚園を卒園している。だが、前にも言ったけど、ぼくは自分が生まれた教会の場所がわからず、岡部さんにたずねてみようとおもったのだ。

さて、一〇四番のほうだが、東京都民教会というキリスト教の教会も、東京なしのただの都民教会も、電話番号がないという。教会に電話がないわけがないが、たぶん教会の名前では電話を登録？してないのだろう。ぼくが飲みにいくバーや飲み屋などで、電話が店の名前になってるところなど、ほとんどない。たいてい、そのバーか飲み屋のママの名前か、前代の経営者の名前、それも、三代も四代も前のママの名前になっていたりする。だから、一〇四番でバーや飲み屋の店の名で電話番号をきいても、わからなくてふつうという気持ちがある。しかし、バーと教会とをいっしょにするのは、どうだろう。おまけに、ぼくは牧師の息子だ。不謹慎なことかもしれない。

しかたがないので、ぼくは戸籍謄本をさがすことにした。ぼくの戸籍謄本か抄本が、うちのなかのどこかにあったはずだ。それには、昔の地名だが、出生地が書いてある。

ところが、いくらさがしても、戸籍謄本も抄本もない。こんな場合は、さがすよりも、区役所にいって、戸籍謄本のコピイをもらってきたほうが、てっとりばやい。

だが、それもダメだった。そのときになって気がついたが、その日は祭日だったのだ。しかし、窮すれば通ずるとは、よく言ったものだ。ぼくは、東京市民教会の創立者の久布白直勝先生の御子息の久布白三郎先生からお手紙をいただき、それに先生の電話番号が書いてあったのをおもいだした。

この手紙は、かんたんに見つかるとおもった。だいじな手紙だったからだ。ところが、あんまりだいじにおもい、どこかにしまいこんだのか、いままで、ひとからいただいた手紙の束を、なんどもひっくりかえしてみたが、ない。

それで、ぼくは広島県の呉《くれ》市の伊藤八郎のところに電話した。伊藤八郎は、ぼくの妹の亭主で、ぼくの父のあとをうけ、呉市でどこの派にも属さない教会の牧師をやっている。伊藤八郎なら、久布白三郎先生の電話番号がわかるだろう。

ところが、伊藤八郎は、小屋浦というところの集会にいって、いなかった。それで、なんども電話したが、まだかえってなくて、「あんにゃ（あのひと）今、ぎっくり腰で、よう歩けんのに、どこをうろうろしよるんじゃろ」と妹も広島弁で心配していた。そんなことをしてるうちに、陽《ひ》がかげってきた。この日は、めずらしく、朝はやくおき、真冬だけど、あかるい、風のない日で、自分の生まれた場所のルーツさがしに出かけようとおもったのに……。ついでだが、東京都民教会の電話番号は、夜になって、わかった。一〇四番もまちがうことがあるらしい。

　うまくいかないときは、うまくいかないものだが、うまくいったときよりも、こうして、うまくいかなかったときのほうが、しゃべったり、書いたりしていて、もちろんたのしい。しかし、それを読まされるあなた方は、うんざりかな。

千駄ヶ谷駅への道

「あのあたりまで、幼稚園の庭でね」

岡部冬彦さんは、クルマがひっきりなしにとおる明治通りのまんなかから、いくらかむこうをゆびさした。

「こっちのほうが、幼稚園の保育室に教会、そして牧師館」

ぼくが生まれた場所は、ぼくひとりでさがしているときは、空まわりしてるようなぐあいだったが、岡部冬彦さんに案内してもらったら、かんたんにわかった。

千駄谷小学校から明治通りをへだてて、ななめ前、第8宮庭というマンションがたってるところに、牧師館があったそうだ。

なんどもくりかえすが、父がここの市民教会の牧師のときに、ぼくは生まれ、岡部さんは教会に付属した市民幼稚園を卒園している。

そのころは、明治通りのまんなかあたりに、代々木のほうにむいて幼稚園と教会の門があり、門をでて左のほうにいくと、広大な徳大寺公爵邸、右にいってだらだら坂をくだったあたりに岡部さんの家、もっとさきの鳩森神社のてまえに久保田二郎さんのうちの大きなお邸があったという。

お富士さんがある鳩森神社をぬけて、徳川さんの邸のほうに、岡部さんに案内されながらあるいていくと、母からきいた、教会から千駄ヶ谷駅への道が、だんだん、現実のものみたいな気がしてきた。これまでは、はなしできくだけの、おはなしのなかの道を、今、げんにぼくはあるいてるという感じだ。

しかし、こんな感じがするとはおもわなかった。なつかしいというのとはちがう。そのころ、ぼくは赤ん坊で、記憶にはない道だ。

だが、なにかつたわってくる。現実といえば、そこにあり、目に見えるもののことだろうが、目に見えない現実が、むこうから、ぼくにしのびよってくるみたいだ。

また、岡部冬彦さんは、ぼくの生まれたところを案内するために、わざわざ、浦和からでてきてくださった。たいへんなご親切だが、これも、言葉では説明できない、親切をこえたものがあるのではないか。

千駄ヶ谷駅に近いミウラ珈琲店により、ご主人の三浦進さんからおはなしをうかがう。三浦さんは、東京市民幼稚園、千駄谷小学校と、岡部さんと同級生だ。

岡部さんと、千駄ヶ谷駅から国電にのる。もとは、千駄ヶ谷駅のプラットホームは、いちばん混んでるときでも、六、七人しかいなかった、と岡部さんは言う。

御茶ノ水駅で岡部さんと別れ、ぼくは浅草の演芸ホールにいった。柳家小三太の噺《はなし》をきき、いっしょに、新宿にくる。浅草六区は、いくらか人どおりがあったが、実は小三太さんは、この四月に、六代目柳亭小燕枝を襲名し、真打ちに昇進する。ぼくは、小三太さんの奥さんのポーラとなかがいい。ポーラは、ぼくが英語がじょうずだとほめてくれるけど、ぼくはポーラと英語ではなしたことはない。いつも、ニホン語だ。

三日坊主のギリシャ語

去年（昭和五十四年）、直木賞をいただいたとき、ぼくは、週一回きりだが、現代ギリシャ語の教室にかよっていて、なんだか勉強家みたいに書かれたりした。

しかし、その後、一ぺんも現代ギリシャ語の教室にはいっておらず、やはり三日坊主になってしまった。

ギリシャのアテネに一か月ばかりいたのも、よくなかった。ギリシャにいれば、むりにでも、ギリシャ語をはなさなければいけないことがあるだろう、そしたら、わずかでも、現地のギリシャ語にふれることがあるはずだ、とおもったのだが……。

ぼくはアテネにいて、エーゲ海もなにも、ほかのどこにもいかなかったが、アテネの市内バスにのっても、もう、ギリシャ語しかつうじない。

それに、均一料金のトロリー・カー（バス）はべつとして、ふつうのバスには、みんな車掌のオジさんがのっていて、行先をきき、キップをくれる。その車掌のオジさんのギリシャ語が、さっぱりわからない。また、ぼくはギリシャ語で行先をこたえることはできない。

しかし、ぜんぜんこまらない。だいたい、ぼくは、どこにいくという行先はなく、ただバスにのってればいいんだもの。海に泳ぎにいくつもりでのったバスが、山のほうにあがりだしたら、おりて、あるくか、海にでそうなバスにのればいい。

ぼくも、もうオジイで、そんなにあるけないし、また、なかなか、べつのバスにいきあたらないこともあったが、とにかくヒマで、時間はたっぷりあるんだから、どうってことはない。

バスにのって、はじめて、車掌に行先をきかれたとき、ぼくはえれえ失敗をした。ゼン・クセロ（わからない）とこたえたのだ。これは、ぼくがはなせる、たったひとつのギリシャ語だった。

ところが、車掌のオジさんがナヤんでねえ。バスにのってきた男に行先をきいたら、わからない、と言う。ほかの乗客まで、いっしょになってナヤみ、いろいろ、ぼくにたずねるが、それこそ、こっちには、なんのことだかわからない。

とうとう、乗客と車掌は、ぼくに質問するのをあきらめて、おたがい討論をはじめた。なにしろ、ソクラテス以前から、討論の国だ。いや、にぎやかなこと……。

それ以来、ぼくは、たったひとつおぼえてたギリシャ語のゼン・クセロ（わからない）もつかうのをやめた。

ニホン人にとっては、とくに、外国語をしゃべるのはむずかしい。アテネに一か月いるあいだ、夜、酒を飲んではなすときは、ほとんど英語かニホン語で、勉強しようともっていった現代ギリシャ語のテキストを、ただのいっぺんもひらかなかった。

それ以後、まるっきり、現代ギリシャ語はやっていない。だから、四月の新学期から、また、初級現代ギリシャ語の教室にでてみようかな、と言ったら、「おかあさんのフランス語とおんなじね」と下の娘がわらった。

うちの女房は、もう四十年以上、初級フランス語をやっているのではないか。だけど、もちろん、初級も卒業できないでいる。そのかわり、英語を、フランス語ふうにへんな発音で言い、まったく取柄がない。しかし、ぼくも女房をわらえなくなった。

おそ起きは三文の得

今朝は七時半におきてしまった。早起きは三文の得というけれども、ぼくは、逆に三十分でも二十分でもおそくおきると、得をした気になる。だいたい、仕事をするために、早くおきなければいけないなんてことはないから、寝てるだけトクだ。原稿の締め切り前はいそがしいでしょう、なんて言われるが、そんなおもいはしたことがない。ついでだが、ほかの作家は、みんな経験があるらしいホテルや旅館のカンヅメなんてことも、ぼくは一度もない。ホテルにカンヅメにしても、どうせ脱けだして、新宿ゴールデン街あたりで飲んじまうだろうなんてことではなく、ぼくをカンヅメにしてまで書かせるような注文がこないのだ。

　しかし、それでも食っていってるので、これは、たいへんにありがたいことかもしれない。直木賞をもらったあとは、注文が殺到してこまるだろう、とひとからは言われたが、ぜんぜん、そんなことはなかった。これも、編集者のみなさんの、温かいお心づかいだと感謝している。また、たとえ、ぼくにジャカスカ書けなどと言っても、書けはしないのも、みなさんは、よくごぞんじなのだ。

　徹夜なんてことは、遊ぶほうでも、一度もやったことはない。前にも言ったけど、ぼくの両親は、寝てる者はおこすな、という考えだったが、試験の前の晩など、ごくたまに、ぼくが夜の十時ごろまで勉強してると、父は、もう寝なさい、と言った。

　父だって、ぼくの試験の成績がよければ、よろこんでくれた。しかし、だからと言って、夜の十時以後までも勉強するのはよくない、と父はおもったのだろう。

　冬のいちばん寒いときには、中学では寒稽古《かんげいこ》があった。そのころ、中学では柔剣道が正課で、ぼくは柔道をやっていたが、父は、寒い日に朝はやくおきて、寒稽古になんかいく必要はないと言い、ぼくもそれをいいことに、寒稽古をサボった。

　軍国主義なんて言葉は、かんたんにつかう言葉ではないかもしれないが、そのころは、いわゆる軍国主義が、それこそかんたんにもてはやされるような風潮になっていて、ぼくは、武道（柔道）は、開校以来という最低点をもらった。しかし、これは、寒稽古をサボったためばかりではあるまい。あれこれ、ぼくはこまった生徒だったのだ。

いや、朝の七時半におきて、早くおきすぎた、なんて言ったら、お叱《しか》りをうけるのは、わかっている。ぼくも、朝六時におきて、はたらきにいってたことがあり、そのとき、とくに冬の日など、七時半まで寝ていられたら、どんなにうれしかっただろう。

しかし、くりかえすが、ぼくには、朝はやくおきてするような仕事はないのだ。世間様にはあいすまないけど、どうか、大目に見てやってください。

　さて、朝の七時半におきて気がついたのだが、冬の朝は、二階のぼくの部屋は、まともに陽がさしこんでくる。これも、ありがたいけど、まぶしくて、原稿が書けない。

しかたがないので、カーテンをひいたが、冬の陽があかるく、いっぱいにさしこむのに、もったいないことだ。

　と、女房にはなしたら、机にむかう位置を逆にし、陽がさしこむ窓のほうに背中をむけてすわったらいいじゃないの、と言われたが、これもダメだった。机の上がちらかっていて、むこう側には原稿がおけないのだ。

ぼくの机の上

ぼくのうちは道路の角にある。そして、ぼくが原稿を書いてる四畳半の部屋の東南の窓と南西の窓は、交差した道路に面している。

この東南の窓からさしこむ朝の陽が、とくに、冬の朝は、まともに、掘りコタツ式のぼくの机にあたり、まぶしくて、原稿が書けない。

それならば、朝陽に背中をむけ、つまり、窓のほうに背中をむけて、机のむかい側にすわればいい、と女房がおしえてくれたことは、すでに書いた。

ところが、机の上に、あんまりゴチャゴチャ、ものがのっかっていて、机のむこう側には、原稿用紙をおくスペースがない。

それで、机の上を片づけることにした。ところが、なかなか片づかない。いつもは、ぼくが旅行してるあいだに、女房が片づけてくれる。たとえ女房でも、自分の机の上を片づけてもらう作家は、あまりいないのではないかとおもうが、ぼくは平気だ。だいじなものがなくなってることもあり、カッと腹もたつが、長くはつづかない。

机の上には、なん人かのひとからきた手紙もあった。ほとんどの手紙は、ぼくの手紙への返信だが、そのまた返事を書かなきゃ、とおもいながら、そのままになってるのだろう。

角川文庫の金子光晴訳の「ランボオ詩集」もあった。この金子光晴先生の訳はいい。大好きだ。だから、このランボオ訳詩集も、机の上にあるのだが、じつは、ひらいて読むことは、あまりない。しかし、この文庫本は机の上にのこしておくことにした。

書き損じの原稿用紙の裏に、なにか書きこんだのがいくつもある。メモのかわりだが、要《い》らないものはすてる。そのなかに、蓮《はす》の花托《かたく》という文字を書いたのがあった。

蓮の花托というのは、蓮の実がつまってる、シャワーの蛇口《じゃぐち》みたいなやつのことだ。蓮の花托の枯れたのを、上野の不忍池でひろったことがあった。

その枯れた花托が、なぜか、アメリカにいったとき、旅行カバンのなかにはいっていて、ぼくはびっくりしたが、サンフランシスコの税関の女性の係官が「これは、なんだ?」ときいた。植物類の持ちこみはうるさいのだ。

それで、ぼくはブッダハ（ホトケさん）がこんなふうに、この上にすわって、とその女性の税関吏に仏像の真似《まね》をして見せた。

考えてみれば、ホトケさんがすわってるのは、蓮の花で、蓮の花托じゃないよねえ。だが、ぼくは、花托というニホン語の名前も知らず、だれかにきいて、メモがわりに、原稿用紙の裏に書いておいたのだろう。

ともかく、机の上はなかなか片づかず、お昼ごろになってしまった。朝陽がさして、まぶしいのは、せいぜい朝の九時ぐらいまでで、もう陽もうつってる。

昼食をたべたあと、ぼくは昼寝をするが、そのときには、南西の窓に白いカーテンをひく。そのころは、ここから陽がさしこむからだ。

ともかく、こんなふうなので、ぼくが原稿を書く四畳半は、陽あたりがよく、あったかい。しかし、夏は風どおしはいいが、やはり暑い。それに、ぼくはクーラーがきらいだ。部屋にクーラーは取りつけてあるけど、それをつかうのは年に一、二回だろう。うちの者は、ぼくのことをケチだと言う。

関東煮とオデンの差

蓮の花托のことを書くので、牧野植物図鑑をひらいてみた。それによると、はすという日本名は、実をつける花托が蜂《はち》の巣みたいなので、蜂巣からはすになったという。シャワーの水がでるところみたいな蓮の花托は、ほんとに、蜂の巣に似ている。

谷中墓地をあるいてたら、牧野富太郎博士の墓があった。よこの方が長い矩形《くけい》の墓で、ドクター・T・マキノと横文字で書いてある。墓の近くで、落葉の焚火《たきび》をしていた。墓地にいくと、たいてい、どこかで焚火をしている。

軽演劇の先輩の吉村平吉さんが台東区議会議員に立候補したとき、街頭の選挙演説の第一声は、谷中墓地のそばでやった。このあたりはしずかで、あたしは大好きなんです、と吉村さんは言った。もちろん、吉村さんは選挙には落ちた。

今書いている小説のなかに（小説と言えるようなものかどうかはしらないが）関東煮《だき》がでてきた。でてきたなんて、山をあるいていて、熊《くま》がでてきたみたいだが、ぼくは、はじめにストーリィなどを、ちゃんと考えて書いてるわけではないので、ほんとに、なにがでてくるかは、本人にもわからない。

それはともかく、大阪のOSミュージックにでてたとき（ああ、あんな晴れの舞台にも、ぼくはでたことがあるんだなあ）近くの関東煮屋の屋台で飲んでたら、屋台のオバさんが、ざらめの袋を両手でもって、それこそざらざらっと、ざらめ砂糖を関東煮の鍋《なべ》のなかにいれたことがあり、関東煮は甘いはずだ、とおもった。

関西で関東煮というのは、おかしくきこえるが、これは、論理上あたりまえのことだろう。たとえば、一時、たいへんに有名だった関西ストリップというよび名は、関西にだけはなかった。あったのは、ただのストリップだ。つまり、東京や、あるいは九州には関西ストリップはあっても、関西にはなかった。あたりまえのことだ。

アメリカ映画で、ニホンのシーンがでてきて、棚《たな》に一升壜《びん》がおいてあり、ラベルに日本酒と書いてあったのには、わらっちまった。

ところが、そんなことは、いくらでもある。九州の球磨《くま》地方の焼酎《しょうちゅう》は有名だが、東京の飲み屋にあるこの焼酎の一升壜のラベルに、球磨焼酎と書いてあって、はじめはおかしかった。

球磨焼酎というのは、日本酒とおなじように総称、一般名で、九州では、笹の露とか峰の露とか、それぞれの銘柄名で売っている。それを、球磨地方の焼酎メーカーが合同で、球磨焼酎という名で、東京に移出してるらしい。

関東煮にもどるが、関東ふうのオデンよりも、全国的にこちらの縄張りのほうが広い。沖縄のオデンも、関東煮の系統だ。そして、アシテビチ（豚足）などがはいっていたりする（もともとの琉球料理にはオデンはないらしい）。

関東のオデンで、すじと言えば、魚のソーセージみたいなやつだが、関東煮では、すじ肉で串《くし》にさしてある。鯨のコロも、オデンにはない。

だいたい、煮るのを、たくというのが関西の言葉だろう。関東煮屋のオバさんに「この蛸《たこ》、よく煮《た》けてまっせ」なんて言われて、へえ、とおもったもんだ。ほかの人たちと逆で、ぼくは、うちでは、よくオデンをたべるが、外では、あまりオデンはたべない。

犬の生活

　関東煮のなかにざらめの砂糖をいれることを書いたので、百科事典のざらめのところをひいてみた。ざらめは双目という字なんだなあ。サイコロのおなじ目がふたつならんだぞろめとおんなじじゃないか。

　ピンゾロ、つまり一の目がふたつそろったやつは、英語ではスネーク・アイ。あれは蛇《へび》の目に似てるかねえ、蛇目《じゃのめ》も蛇の目だが、いったい、どういう関係があるのか。

　近ごろでは、ざらめはあまり見ない。まえは、煮物には、よくざらめをつかったようだ。ところが、ぼくのうちでは、ざらめはつかわなかった。どうしてだか、わからない。

　なんにでも理由やわけがあるわけではない。なんにでも原因と結果があるようにおもうが、ただ、そういう考えかたにすぎまい。しかし、ほかではざらめをつかってるのに、ぼくのうちではつかわなかったというのは、それに理由やわけはなかったとしても、なにか、そんなうちだったのだ。小説では、そういうことを、ぐちゃぐちゃ書ける。原因と結果というような考えかたではなく、書けるのが小説のミソだろう。

　しかし、小説は世の役にたたない。やはり、原因と結果式の考えかたのほうが、世の役にたつ。小説は役にたたないから、自由であり、学問なんかより真実にせまれる、というひともいる。いや、ぼくには真実なんてことはわからない。カルメ焼も、たいていざらめでつくった。もっとも、ぼくは、ただの一度も、カルメ焼がうまくできたことはなかった。カルメはカルメラ、カルメルで、キャラメルとおなじ言葉らしいのを、広辞苑をひいて、今、知った。

こんなふうに、今わかったというようなことは、しょっちゅうある。しかし、たいてい、どうでもいいことばかりだ。

調べて、なにかわかれば、こんならくなことはない。調べる手がかりがないといったものではなく、調べようがない、あるいは、調べるとかいったこととは、まるで関係のないことなので、苦労するのだろう。

ところが、そういう苦労は、調べる対象や、目の前に登る山がないので、苦労しようにも苦労さえもできず、こまってしまう。

きょうはいい天気だ。こんなにいい天気だと原稿を書く気がしないな、とぼくが言ったら、雨の日だって、風の日だって、原稿を書く気がしないんじゃないの、と女房がわらった。

吉田知子さんの近著に、『犬の幸福』という短編集がある。たいへんにすばらしい本で、『犬の幸福』という題名にも、油断のならないイロニイがあるが、ぼくは、これをドロボーして、『犬の生活』というのを書く、と吉田さんに手紙をだした。

うちの雑種の犬は、うちの雑種の猫のうしろばかりおいかけ、猫とくっついていたから。ほんとに、猫のことしか頭にないみたいで、うちの犬の毎日は、つまりは、猫の生活なのだ。


そして、うちのカミさんは、朝から晩まで、その犬をたたいたり、どなったりして暮らしている。今朝もそうだが、毎朝、カミさんが、ミィ（猫の名）にかまいなさんな、と犬を叱る声で、ぼくは目をさます。つまり、うちのニンゲンどもは、犬の生活をしてるのだ。ほら、また、ぼくが書いてる原稿の上を猫がとおる、そのうしろにくっついて、犬がとおる。

ライオンのピル

多摩動物公園にいくため、京王線の電車にのると、「ほんとに、多摩動物公園にいくのね」と立子がわらった。

すこし前だが、ぼくが、多摩動物公園にいこう、と言うと、立子がわらいだした。それで、「なんで、わらう？」とぼくはすこし頭にきた。「でも、オジちゃんは、多摩動物公園にいこうと言ってから、四、五回は行先がかわって、結局は、多摩動物公園にはいかないんだもの」立子はおかしそうだった。

立子にわらわれても、しかたがない。事実、その日は、多摩動物公園にはいかなかった。いや、ぼくは、二十年以上も、多摩動物公園にいこう、と言いつづけて、まだ一度も、いってなかった。

ついでだが、立子がどういう女のコかは、あなた方にはカンケイない。いや、そんなふうにひらきなおるほどの、カンケイではない。

多摩動物公園前の駅でおりて、通りにつったっていたが、なかなか、信号が青にならない。それで、赤の信号をよこぎっていったら、「そこの歩行者……」というマイクの声がひびいて、びっくりした。すぐそばに、交番があったのだ。

アメリカでもヨーロッパでもなにかの順番をまって列をつくっているところの行列に割りこむなんてことは、ぜったいにないし、またできるものではないが、赤の交通信号は、どんどん無視して、あるく。

いや、それほど、ぼくが海外づいてるわけではない。クルマがはしってないので、赤の信号をよこぎっただけのことだ。

みっともないのは、「そこの歩行者……」とお巡りさんのマイクで注意されたとたん、ぼくはいそいで、逃げてしまった。

「交通信号は無視するくせに、度胸はないのねえ」と立子はわらった。これも、わらわれても、しかたがない。「それに、警官に注意されて、機動隊が逃げちゃいけないわ」

ぼくが着てるコートは濃紺で、機動隊のコートにそっくりだ。おまけに、右腕の袖口《そでぐち》に、所属の大隊名、姓名、負傷した場合の血液型などを書きこんだカードをいれるプラスチックのちいさなポケットもある。あれは、ほんとに機動隊のコートかもしれない。

ぼくが逃げこんだのは、通りのむこうの食堂で、がらんと広い食堂のテーブルで、こちらをむいて、ニコニコわらってる若い男がいた。

この若いひととは、元旦《がんたん》に、大森山王の古めかしいお邸であった。そんなお邸にいくのは、ぼくははじめてで、そこで、このひととあったのだ。

このひとは週刊誌の記者で、多摩動物公園のライオンが殖《ふ》えすぎて牝ライオンに避妊のピルをのませているのを取材にきたのだそうだ。ニホンでは、ニンゲンはまだピルは解禁になってないのに、ライオンのほうがススンでるってことになる。

真冬だが、あかるい日で、ライオン園にいくと、ライオンたちが、ぞろんこ、ぞろんこ群れをなして、あっちこっちにうつりあるいていた。

そのうち、牝のライオンのうしろからのっかる牡のライオンもあり、「あら、あら、ピルをやってるわ。ライオンのピルを見るのははじめて」と立子はめずらしがっていた。

多摩動物公園では、動物たちを見るのもたのしかったが、冬の日なので、草や木肌のにおいなど、とてもすがすがしかった。

道路はロードの博多弁

先日、九州の佐世保にいったかえりに、大村の長崎空港で、連れのひとが天丼をたのんだら、玉子でとじてあった。天丼に玉子がはいってるのは、ぼくもはじめて見た。前は、カツ丼にも玉子ははいってなかったのではないか。いまはどうかしらないが、名古屋で天ぷらソバをたべたら、エビは尻尾《しっぽ》だけで、あとはぜんぶコロモだったのには、おどろいた。尻尾は、ちいさな芝エビを二尾、交差させ、あとは、コロモでエビのかたちをつくってた。

だいたい、安い天ぷらは、油のなかで、ぽっぽ、ぽっぽと箸のさきでコロモをくっつけ、天ぷらの図体を大きくしていく。だから、もとのエビの五倍や六倍の大きさになることは、めずらしくない。

だったら、いっそ、芝エビで尻尾だけつくり、ぜんぜんエビぬきで、と名古屋のソバ屋（ウドン屋）さんは考えたのだろう。名古屋のひとは創意工夫がうまい。たとえば、銭湯の靴箱の鍵と衣類箱の鍵をべつにする必要はないから、いっしょにしたり。豊臣秀吉などは、典型的な名古屋人だろう。戦後最大の発明品のパチンコの機械を考えだしたのも、名古屋のひとだときいた。しかし、コロモだけの天ぷらソバ（ウドン）なんて、まるで保育園だな。コロモばかり……駄じゃれも、こんなふうに字で書くとサエないねえ。

博多弁ではドがロになり、ロがドになる。だから、道路はロードで、英語とおんなじだ。ある地方のひとたちには、ある発音ができない……いや、そんな発音がないのかもしれないが……ということは、よくある。しかし、ロがドになり、ドがロになるなんてややこしいことを、とぼくはふしぎだった。

しかし、ロとドは、字で書くとうんとちがうようだけど、発音のしかたは、たいへんに近い。今、やってみたら、ロのときは、舌のさきを上顎のあたりにつけるが、それが、すこしずれて、舌のさきが歯ぐきの裏のほうにいくと、ドになる。

ニホン人は色彩やかたちについては感覚がするどいが、音には鈍感だ、とよく言われた。たとえば、ドイツ人は三、四人あつまって歌をうたうと、すぐハモって合唱になるけど、ニホン人は君が代の斉唱でも、なかなかそろわないとかさ。

昭和十四年ごろ、ニホンにやってきたヒトラー・ユーゲントは、バスにのっていても、エンジンの故障の音をすぐききわけたが、これも、子供のときから、音楽に親しみ、音感がいいからだとか……。

たしかに、ドイツ人はみんなで集まって、ビールを飲み、よく歌をうたうが、まず、だいいちに、団体が好きなようだ。旅行などしていて、ニホン人以外で、団体が目立つのはドイツ人だろう。

それだって、ニホン人の団体のありようとも、アメリカ人のおじいちゃんやおばあちゃんの団体ともちがうし、また、ドイツ人は、みんなで海外旅行ができる経済的余裕があるので、ドイツ人の団体が目立つのだとも言える。

ほんとに、どうとでも言えることばかりで、ドイツ人よりも、ニホン人の音感のほうがずっとするどい、ただ、ヨーロッパ人の音感とはちがうだけだ、なんて説もある。

それはともかく、ニホン人の音感がするどいか鈍いかなんて議論は別にして、音についてのおしゃべりは、色彩やかたちなどよりも、やりにくいのか、どうもすくないようだ。

屁理屈と規律

ぼくが中学の一年か二年のとき(昭和十三年か十四年)ヒトラー・ユーゲントがドイツからやってきた。ヒトラー青年隊みたいな訳語だったが、隊とするならば、団でもいいわけで、でも、ヒトラー青年団では、ずいぶんイモっぽくなる。現代ふうに言えば、ヒトラーの若者たち、ってところか。

そのとき、ぼくは九州の福岡の西南学院中学部にいっていて、おとなりの修猷館に、ヒトラー・ユーゲントを見にいった。修猷館は、昔の藩校で県立の有名中学、こちらは、おベンキョーはできないミッションスクールだった。

修猷館の校庭には、戦争のおわりごろ、東条英機に反対して切腹したという中野正剛と東方会の青年隊員たちも、イタリアの黒シャツ党の制服みたいなのを着てならんでいた。だが、ぼくは、そんな光景をちらっと見ただけで、ひきかえしてきた。ヒトラー・ユーゲントが行進してくる足なみや、行進しながらの合唱は、ぼくたちの学校教練の歩調トレのあるきかたや、軍歌などとは、くらべものにならないくらいスマートだったが、学校教練でもなんでも、いわゆる肉体的な規律は、ぼくはダメだった。

なにごとも、だらしないのが好きというのではない。子供のときから、ぼくの部屋は散らかりっぱなしだったが、いまもそうだが、子供のときから、本の頁に折り目などをつけるのは、大きらいだった。新聞も、本のように、ちゃんと配達されたまま読む。女房や娘たちが、新聞を途中で折ったりしているのを見ると、ほんとにいやだ。

ぼくは屁理屈が大好きで、小説のなかに理屈をだすぐらい、ダメなことはないとされてるが、つい、屁理屈をこねてしまう。屁理屈が屁みたいなのは、ふつうに考えられてるように、理屈になってないからではない。理屈として、ちゃんと規律があり、ルールがとおって、完足してるからだ。

ものごとは理屈のようにはいかない。常識もそんなふうに言う。しかし、常識もアテにならない。フランスの哲学者のベルグソンは、知性は規律のあるはたらき、知性のルールによってしか、ものが見えないと言ってるようだ。知性の限界などという甘い言いかたではない。知性とは、そういうはたらきをするものだ、と言ってるのだ。

ぼくが屁理屈をこねるのは、屁みたいだとはわかってるが、いちおう、理屈でいけるところまでやってみようという気持ちらしい。

常識や世間は、それこそ理屈がなくて、やりにくくってしようがない。強者には理屈はじゃまだ。理屈なしに、自分かってにやりたい。

それに対して、弱者は理屈で抵抗するよりほかはない。法律だって、もともとは、弱者のものではないか。強者が自分の好きなようにできないように、法律をもうけ、つまりは、強者が弱者と契約をしたのではないか。それなのに、法律が弱者を圧迫し……なんて屁理屈をこねるのだ。

ま、そんなふうに、ぼくが屁理屈が好きなのも、世間や常識の規律には反しても……世間や常識に規律などあるものか、規律がないのが世間や常識だ（とこれも屁理屈）……ある規律は好きなのだ。

しかし、からだのほうの規律は、どうもいけない。兵隊にいったときも、敬礼のカッコさえキマらなかった。これでは、兵隊ではない。ぼくもこまったけど、上官もあきれていた。

西南女学院

新橋第一ホテルで第八十二回芥川・直木賞のパーティーがあったので出かけていった。今回は直木賞は該当作なし、芥川賞は森禮子さんの「モッキングバードのいる町」だった。

森禮子さんとは、はじめてあったが、「九州の福岡にご縁がおありになるそうで」ときかれた。ぼくは、福岡にはあれこれ縁がある。それで、とりあえず、中学は福岡の西南学院にはいった、と言った。考えて、そうこたえたのではない。いつものことだが、ただ、ひょいと、そう言ったのだ。

「西南学院！」森禮子さんは、ほんとに、！がつくような声になった。「わたしも、西南学院に……」

「西南女学院？」

「いいえ、西南学院の図書館にいたことがあるんです」

森禮子さんのところに、ぼくをひっぱっていったのは、女子学院高校の先生で、武蔵野緑教会牧師の伊藤義晴さんだった。森禮子さんとぼくがならんでるところを写真にとったりしてるひとなど、プロテスタント関係のひとたちが、なん人も会場にいて、へえ、そういう筋のひとか、とおもった。

川上宗薫さんとも、いっしょに写真をとった。宗薫さんのお父さんは、メソジスト派のちゃんとした牧師さんだった。ぼくの父は、どこの派にも属さない、自分たちだけの教会の牧師で、プロテスタントという言葉も父はつかわなかっただろう。ぼくは一度もきいてない。

今の北九州市の小倉の到津《いとうづ》の西南女学院にも、ぼくはいたことがある。父は東京の千駄ヶ谷の市民教会の牧師から、西南女学院シオン山教会の牧師になった。

そのころ、父はたいへんに苦しんでいたらしい。牧師なのに、信仰というものが、わからなくなったりしたのだろう。信仰をもち、神よ、神よ、とおいもとめていた足もとが、ぐらつくどころか、ぽっかり、うつろに感じたりもしたかもしれない。

そして、神よ、と前にむかって、手をさしだしていたのが、目の前がまっくらになり、そのかわり、得体のしれないものが、うしろから、どんどんつきあげてくる。つきあげられるので、前につんのめるが、そこは、うつろな闇《やみ》で、底なしの闇のなかを落ちていくようなもの……。

ぼくにはわからないことを、また、むりに言葉にしているので、まちがってるとおもうが、とりあえず、そう言っておく。

おかしいのは、父がそんなふうにヘンになったのは、ぼくが生まれたときあたりからで、東京の千駄ヶ谷の市民教会の牧師もやめ、小倉の西南女学院にいったのだろう。しかし、西南女学院はいい災難で、父は理屈っぽい男だというので、学校つきの牧師には、いくらか理屈っぽい男のほうがいい、とよんだときいた。

父は、広島県呉市の三津田の丘の、自分たちでつくった教会で死んだが、そのあと、教会の牧師をやってる伊藤八郎さんがつくった、父の年譜に、ドン底、というところがあって、昭和二年五月十二日、小倉市到津の丘の上において、絶望の極致にありて、十字架上の主の御支えを強く感ぜしめられる、と書いてある。女学院の牧師が、絶望の極致では、たまったものではない。

ヤシの真似

九州の小倉の西南女学院の牧師を、父はやめたあと、皿山《さらやま》というところにいたそうだ。ここは、昔、有名な窯場があったところらしい。

そして、広島県の軍港町の呉のバプテスト教会の牧師になった。今の呉市役所の近くにあったセーラー万年筆の工場のお風呂にはいったことを、ぼくはおぼえている。それが、ぼくのいちばん古いほうの記憶だ。

　これは、九州から呉に引っ越してきたばかりで、牧師館の風呂の用意がまだできてなかったとかいったことだったのかもしれない。セーラー万年筆の創立社長の阪田久五郎さんが教会の信者だったのだ。

　呉のバプテスト教会は、今は本通四丁目になってるが、もとの九丁目の電停から、中通のほうにいく道に教会の門があった。

　だれでも、子供のころ、自分が育った町のことを、すごくにぎやかな町だったようにおもうようだが、呉のこのあたりのにぎやかさは、ほんとににぎやかだったのではないか。呉は軍港で要塞《ようさい》地帯だったので、地図でもまっしろなブランクになっていて、人口も発表されていなかったが、あるときは、人口が広島よりもおおかったという。それが、広島よりもうんとせまいところに、ごちゃごちゃ密集していたのだ。

　教会の門のよこには、たいてい乞食がいて、門の両側に乞食がいることもあった。また、中通には、毎日、ヤシ（テキヤ）がでていた。高市《たかまち》（お祭り）とか縁日とかでなく、ふつうの日の商売のことを、テキヤ仲間では平日《ひらび》というが、おなじ通りで、毎日、平日をつかってるというのは、よほどにぎやかな通りだ。

　このバプテスト教会も、父はおいだされて、おなじ呉の三津田の山の中腹に、自分たちの教会をつくった。そのため、ぼくは呉市東本通小学校から二河小学校に転向した。小学校一年生のときだった。

そんな子供のころから、ぼくはテキヤの口上《たく》が大好きで、戦後テキヤの子分になった。芥川、直木賞のパーティーにいったあとも銀座のバーのエレベーターのなかでも、ぼくはテキヤ声でなにかうなったらしく、「まだ、ヤシをやってらあ」といっしょにいた編集者にわらわれた。

もとの本通九丁目のバプテスト教会は、敷地はだいぶちいさくなったようだが、おなじところにまだある。

東三津田の山の教会は、ぼくが引っ越したときのままで、ぼくたちがすんでた家も……牧師館という名前はつかわなかった……そのまま、ぼくの妹の主人の伊藤八郎さんが牧師でいる。

ただ、山の尾根にあった、茶室みたいな家は、解体して、下におろしてきた。戦後のモノがないとき、それこそ、この家が解体されドロボーされそうになったのだ。はるか山の尾根のうえにある家で、下からは見えない。

つまりは、ひと山ぜんぶが教会で、広いといえば、まことに広々としたところで、ぼくはそだったわけだ。

ながめもよく、呉の町も、町をとりまく山々も、また、昔は軍艦がいた湾も、湾の外も家の窓から見えた。

そして、二河小学校の六年生のとき、中国で戦争がはじまり、ぼくは広島県立呉第一中学校の入学試験を受けたが、落ちて、福岡の西南学院中学部にはいった。呉一中の入試の休憩時間に、ぼくはヤシの真似をしたそうだ。

正月もかわらず

昨夜は赤飯だった。うちでなにかお祝いごとがあったとか、理由があったわけではあるまい。うちでは、赤飯を炊いて、祝ったことなどない。

元旦の朝の雑煮もない。朝食にめんどうなことはやめましょう、と女房は言った。元旦だからといって、とくべつなことをするのが、女房はきらいなのだ。元旦でも、ふつうのとおり、家事をやっている。

ぼくも、正月をとくべつなものだとはおもってないが、正月のあいだは、原稿は書けない。来客があるわけでもない。また、お年始などにも出かけない。

それに、映画の試写もやすみだし、町の映画館も、正月だけは混んでいて、いやだ。また、あんまり映画を見すぎて、町の映画館でやっている映画は、ポルノ映画のほかは、ほとんど見てしまっている。

だから、こういうときこそ、原稿を書けばいいのだが、どうにも書けない。それで、しかたなく、天気がよければ、自転車にのって出かける。さいわい、正月はクルマがすくないので、自転車にのるのにはいい。しかし、自転車も、もう二十七、八年のってるので、知らない道などはない。

また、前は、それこそ一日じゅう、自転車にのってても平気だったが、一、二時間でくたびれるようになった。だから、これもしかたなく、うちにかえってきて、寝ころんで、本を読んでいる。

いや、正月でなく、ふつうの日もおなじようなもので、午後は映画を見にいき、かえってくると、寝ころんで、本や雑誌を読んでいて、日が暮れると、酒を飲みだす。

きょうも、下の娘にサンドイッチをつくってもらい、東横線の田園調布駅から、中目黒で日比谷線の地下鉄にのりかえ、神谷町駅でおりて、ユナイト映画にいった。ウッディ・アレン監督・主演の「マンハッタン」の試写を見るつもりだったのだ。

ところが、試写室には、だーれもいない。きょうは、いやにひとがすくないなあ、と試写室の椅子に腰かけてたら、宣伝の羽山公《きみ》さんに、きょうは、試写はありませんよ、と言われた。

じつは、ある週刊誌の編集部からおくってもらっている各社の試写のリストがあり、それを見たら、きょうは、ぼくの見た映画ばかりだった。ところが、また、しばらくして、リストをだして見ると、午後一時ユナイト映画、午後三時半ワーナー映画と、よさそうな試写がうまくならんでいて、すごくトクをしたみたいに、うちを出たのだ。

　ユナイト映画で試写を見たあとは、虎ノ門から銀座線の地下鉄にのろう、ワーナー映画は、銀座線の京橋駅に近いから、こりゃ、つごうがいい、なんて考えながら……というより、そんなのがたのしいのよねえ。

　試写のリストのきのうときょうをまちがえてたわけで、しかたなく、うちにかえってきて、さっきまで、寝ころんで、本や雑誌を読んでたのだ。しかし、本にもあきて、いま、これを書いてるのだが、あとなん行かで、また、寝ころんで、本を読みだすのだろう。

　ガス・ストーブも、ぼくが寝ころんで本を読むところにむいたままで、むきをかえる手間がはぶける。もっとも、そんなモノグサだから、本を読むのにも、あきてくるのか。酒を飲みだすまでには、まだ二時間はある。いい本、おもしろい本はたくさんあるのだが、とにかく根気がない。

犬猫騒ぎ

　今年の冬、犬小屋のよこの、犬の水のボールが朝になって凍っていた日が、一度はあったが、二度も三度もあっただろうか。

　ぼくのうちのあたりは、東京でもとくべつ暖かいようだ。ぼくのうちからは、池上線の電車で蒲田まで十分ぐらい、東横線で横浜まで二十分ちょっとで、海に近い気候なのかもしれない。しかも、このあたりは、横浜よりも、もっと暖かい。

　雪も、一度うっすらつもっただけだった。しかし、推理作家の都筑道夫さんに電話したら、そのなん日か前、夜中に、どうも雪じゃないかな、とおもって表にでたら、やはり、雪が降っていて、「初雪……と日記に書きました」と都筑さんは、ほっ、ほっとわらった。

　都筑さんは夜中に仕事をする。もうみんな寝しずまったあと、都筑さんが仕事部屋でひとりで原稿を書いてると、窓のむこうを、しろい色もさだかでないものがちらつき、「おや、雪かな？」と都筑さんは、わざわざ、表の通りに出ていったのだろう。

　初雪……と日記に書いたというのがおかしいが、都筑さんは初雪がうれしかったのだろう。また、東京生まれの都筑さんのまわりでは、初雪はだいじな、たのしいことだったのかもしれない。

　ぼくは広島県の軍港町の呉でそだったが、ここはまた、瀬戸内でもとくべつ暖かいところで、雪が降ったとさわいでも初雪が話題になるようなことはなかった。

　冬は、夕食のとき、ぼくの足もとのストーブの前に、うちの雑種の犬と猫《ねこ》がかさなりあって、くっついている。そして、猫が自分の図体の五、六倍はある犬の毛をなめてやったりしているうちはいいが、犬が猫にじゃれだし、どたどた、とっ組み合いになる。

猫は前足を犬の顎の下にかけ、犬の頭に毛皮の帽子でもかぶせたみたいに……ちょうど、そのぐらいの大きさしかないので……犬の頭を、からだごと抱きこんで、うしろの足は両足とも、ぴたっと、犬の目のところにあて、さかんにひっかく。

もちろん、ひっかく真似だけで、猫がほんとに爪をだして、ひっかいたら、犬の両眼は、とたんにやられるだろう。

ともかく、どたどた、ギャアギャア、うるさくってしょうがない。すると、女房が食卓の椅子からたってきて、おもに、犬を叱りつける。その声が、またうるさく、女房は、ぼくの前につったって、足もとでとっ組み合ってる犬と猫をどなるので、こっちは、ブドウ酒を飲みながら見てるテレビが、見えやしない。

やがて、犬と猫は部屋のなかで、追っかけっこの大運動会をはじめ、こんなことが、毎日、たえまなくくりかえされ、女房はどなってまわってる。

夕食ばかりではない。朝食のときも、犬と猫がぼくの両側から、食べてるものをくれ、と手をのばして、鳴き、女房は犬を叱り、猫を叱り、「ケイもミイも（犬と猫の名）ちゃんとゴハンはあげてるんだから、なんにも、やっちゃダメよ」とぼくを叱りつける。いや、叱りつづける。

わかるでしょう、ぼくの頭に毛が生えないわけが。そんなふうなのに、昨日、女房は、痩《や》せて、寒そうな捨て犬を二匹見たとかで、うちにつれてきたいとくりかえし、ぼくがとんでもない、と言うと、下の娘が、オヤジは教会の子でしょ、かわいそうなものを拒んじゃいけません、とお説教しやがった。

佐世保時代

ぼくは、旧制福岡高校のとき、九州の佐世保海軍工廠に学徒動員でいったことがある。徴用工員の宿舎に寝泊まりし、途中で宿舎をうつった。昭和十九年の六月から九月ぐらいまでのあいだだ。

その徴用工員宿舎は、どちらも、海軍工廠からは、あるいてかなり遠い、坂をあがった高いところにあったが、それがどこだかは、先日、佐世保にいったときは、さがさなかった。

そのころの佐世保海軍工廠は徴用工員なども、たくさんはたらいており、宿舎もあちこちにあったにちがいない。ぼくは、やはり軍港町の呉に家があったが、それこそ、いたるところに、徴用工員宿舎があった。

呉の二河公園の奥の海軍刑務所も、刑務所の建物をこわし、徴用工員宿舎が、いく棟もならんでいた。ある夜、それが火事になって、みんな燃えてしまったが、その火柱は夜空に高くあがり、三津の山のこちら側からも、あかあかと見えて、山の尾根にある、うちのいちばん上の家が焼けているのかと、下のほうの近所の人がかけつけてきたりした。海軍刑務所の高い塀はそのままで、あの塀にとじこめられ、焼け死んだ徴用工員もいただろうに、といまでもおもう。

佐世保で、ぼくがいた徴用工員宿舎の名前も地名もおぼえてないし、もう、あれから、三十五年もたっている。さがしようもあるまい、とあきらめたのだ。

しかし、ぼくが佐世保海軍工廠にいってるとき、赤痢症状をおこしてはこばれた、海軍共済病院は、同じ場所にあるということなので、たずねてみた。

今は、佐世保共済病院は伝染病棟はなくなってたが、病院の図書室に、昭和十九年の入院患者名簿の古い写しがあった。だが、なんども読みかえしたが、その名簿の写し（名簿そのものではないようだ）には、ぼくの名前はなかった。

でも、ぼくは、べつにがっかりもしなかった。名簿の写しに、ぼくの名前があれば、「あった……」とよろこんだかもしれないが、なくても、しようがない。

佐世保海軍工廠は構内にはいってからが、その工場の場所にもよるけど、やたらに遠かったりし、あるきくたびれた。こんどいったときは、旧海軍工廠内は、いやにひっそりしていたが、佐世保重工業がストの最中だったのだ。

佐世保で飲んだりするのは、学徒動員で海軍工廠にいってたとき、国民酒場でならんで、小ジョッキのビールを飲んだとき以来だ。生ぬるい、水っぽいビールで、つきだしは、いつもカボチャだった。

うまくいくと、こちらの国民酒場でビールを飲んだあと、はしっていって、ほかの国民酒場の前の列のうしろにならび、もう一杯、ビールにありつけた。しかし、せいぜいビール二杯だけだ。それも、二杯飲めたのは、一、二回きりではないか。だが、それを、大手柄でもしたみたいに、宿舎にかえって、ぼくたちは自慢した。

海軍共済病院を退院したあとも、ぼくは血便がでたりして、広島県呉のうちにかえり、十二月の末に、山口の連隊に入営した。

そして、すぐ、博多港から朝鮮の釜山へわたり、釜山からは朝鮮半島、南満州、山海関、天津、徐州をへて、揚子江岸まで、長い列車の旅だった。昭和二十年の元旦の朝は、南満州の大虎山?というところに、列車がしばらくとまっていた。

誕生の地にかえる

父が東京の千駄ヶ谷の市民教会の牧師をしたとき、ぼくが生まれたことは、はじめのほうで書いた。しかし、生まれた場所は、すこしはなれた渋谷の日赤産院だ。

今では、日赤医療センターと名前がかわったが、渋谷の東横線のホームをおりたところからでる、日赤産院行きの学バスには、よくのった。学バスというのは、学校バスということだろうか。このバスも、青山学院高等部前、青山学院中等部前、青山学院初等部前と、バスがすすむにつれて、落第してるみたいだが、おつぎは実践女子大、国学院大学前、東京女学館前と、つぎつぎに学校の前をとおり、終点の日赤医療センターになる。

走行距離もみじかいが、ふつうの都バスの料金は一一〇円だけど、学バスは八〇円だ。高田馬場駅から早大（早稲田大学）の正門行きの学バスにも、きのうのった。学バスは安いから、とのってあるいてるのは、あまりかしこくはないか。ほかに、御茶ノ水駅から東大構内にはいっていく学バスもある。

ぼくは、ほかの国の町にいっても、なんにもしないで、昼間はバスにのり、夜はバーで酒を飲んでいる。

去年の十二月は、ハワイのホノルルにいたが、どこへでも、また、なん回でもバスにのれる、十二月中有効のバスの定期券を買って、毎日、ただバスにのっていた。この定期券は一五ドルで、ホノルルのバス料金は五〇セントに値上げしたし、ぼくみたいに、やたらにバスにのる者には、たいへんに安い。

それはともかく、ぼくが生まれて、赤ん坊のときいた渋谷、千駄ヶ谷あたりに、みょうに縁がある。ぼくが飲むのは、広い東京のなかでも、千駄ヶ谷のすぐそばの新宿だし、ぼくの家は、渋谷からの東横線の田園調布駅の近くだ。

　また、昭和二十一年八月復員したあと（復員病院船の氷川丸が神奈川県の久里浜についたのは、七月のはじめだったかもしれないが、コレラ患者がでて、長いあいだ、上陸できなかった）昭和二十二年四月、東京大学文学部哲学科に復学した（昭和二十年四月に、ぼくは東大に入学したことになってるが、本人は兵隊で中国にいっていて、いなかった）。おなじ四月に、ぼくは、渋谷のいまの東急デパート・東横店の四階にあった、東京フォーリーズという軽演劇の小屋にはいった。

　デパートの建物の四階を、小劇場二つと寄席に、ベニヤ板で仕切ったこの小屋で、新宿帝都座五階の「額縁ショウ」に五、六週間おくれてある踊り子が乳バン（乳房《ちち》バンド、つまりブラジャー）をとった。

　帝都座の「額縁ショウ」は上半身裸体のモデルがポーズをしただけだが、東京フォーリーズではソロを踊りおわった踊り子が、タップ台の上で乳バンをとったわけで、こちらがほんとのストリップの元祖、と威張るやつはバカだけど、ま、そんなことだった。

　しかし、そのころは、ヌードという言葉も、ストリップという言葉もつかわれておらず、もちろん、ストリップ（脱ぎかた）のテクニックなんか、だれもしらない。

　その踊り子はタップ台の上にたってうごかず、舞台雑用のぼくは、うしろの幕のあいだから手をだして、乳バンのうしろのホックをはずし、乳バンをひきぬいた。

その後、ぼくは新宿でテキヤの子分になり……と、千駄ヶ谷をはさんで、渋谷、新宿にはなぜか縁があるのよねえ。

テキヤの子分

渋谷の、現在の東急デパート東横店の休館の四階にあった「東京フォーリーズ」という軽演劇の小屋で、ぼくは舞台雑用をしてたが、ここが焼けて、ぼくは、渋谷・松濤町の旧鍋島侯爵邸の米軍の将校クラブのバーテンになった。

昔のこういったお邸の広さは、ちょっと想像もつかないだろう。ひとつの町ぐらいの広さがあったのだ。ところが、もっと前は、鍋島侯爵邸の門は、いまの東急デパートのあたりだったそうで、だったら、町ひとつではなく、町ふたつぐらいの広さになる。

旧鍋島邸の米軍将校クラブはいいところだった。食べるものもあり、それに、バーテンだから、ウイスキーなんかもくすねて飲める。

しかし、やがて、将校クラブのバーテンはクビになり、やはり米軍に接収されていた日比谷の三信ビルのバスボーイになった。べつに、米軍のバスの車掌なんかしていたわけではない。

アメリカでは安食堂の女はバスガール、男はバスボーイだ。三信ビルでもＧ・Ｉメス（兵隊の食堂）はバスボーイ、オフィサーズ・メス（将校食堂）はウエイターとウエイトレスだった。

だが、ここはやめて、まえの渋谷・松濤町の将校クラブで、煙突掃除などの雑役をやってたが、またバーテンになれて、よろこんでるうちに、またクビになった。

そのあとは、いまは防衛庁の研修所と科学技術庁の研究所がある、もとの海軍技術研究所（中目黒二丁目）にあった英連邦軍（恵比寿キャンプ）の通訳になったりしたが、五日か六日でやめた。

そして、両国の同愛病院（これも、米軍の病院だった）で、通訳の職種で、夜の受付をやったが、これは、たいへんにらくな、いい仕事だった。

やることは、まるっきりというほどなく、ただ、朝まで宿直してればいいので、寝てるあいだに超過手当に、深夜勤手当までついた。

しかし、ここも、ぼくはやめてしまった。なんでやめたのかは、わからない。もうそのときは、新宿でテキヤの子分になっていて、そっちのほうがおもしろかったのかもしれない。

おもしろいというより、テキヤ仲間で友だちができて、新宿の町をふらついたり、飲んだりしていて、両国の同愛病院までいくのがおっくうになったのだろう。

　こんなふうに、ぼくの履歴は、いつも、いろいろごっちゃになっている。いや、ぼくの場合、履歴などとは言えまい。ただ、あれこれ、ふらふら、やってきただけだ。ま、なんとか食いながら、いまだに遊んでるようなものだろう。ずっと遊んできた、というと、威張ってるみたいにきこえるかもしれないが、事実を言ったまでだ。

　広島県の軍港町の呉でそだったぼくは、ちいさいときからヤシ（テキヤ）が大好きだったが、十二干支を書いた紙（ないし布）を地面にひろげ、ステッキをついて、口上《たく》をつける、張込《パリコ》み易者《ロクマ》が、とくにおもしろかった。

　テキヤの子分になったぼくは、だいたい、この易者をやっていた。これは、品物を売るわけではなく、筮竹《ぜいちく》と算木と十二支の紙とステッキさえあればいい。テキヤ仲間で言う只商売《オントバイ》だ。物書きも只商売だな。

　ぼくは、テキヤの商売のなかでも、品物をもちあるいたりする必要のない、いちばんらくな商売《バイ》人に、ちょろっとなっている。

ながれながれて

これを書きおわったら、さて、どこへいこうか？ きょうはよく晴れていて、すこし寒いけど、さっぱりした、いいお天気だ。

ぶらぶら、バスにでものって……。バスをのりついで、浅草までいけるかな？ 浅草の六区で映画でも見て、そのあとは、浅草・千束、猿之助横町のクマさんの店「かいば屋」で、酎《ちゅう》ハイを飲むか。いや、浅草にいくならばね。

これを書いていて、いろんな方からお手紙やお電話をいただいたり、読んでるよ、なんて言われたりした。

ほんとに、読んでくださるというのは、うれしい。ぼくは、自分ではむずかしいことを書いてるつもりはないが、なかなか、読んでもらえない。これは、ぼくが書いたものには、私語がおおいからだろう。

独特の言いまわし、なんてりっぱなものではない、自分かってな、ひとりごとみたいなもので、私語はつうじないよ、と友人にも注意された。

しゃべってるときもそうだ。ぼくは、自分かってな私語をしゃべり、はじめてあった人などは、ぼくがなにを言ってるかわからずに、キョトンとしており、そばにいる友人が、見るに見かねて、通訳したりすることは、たびたびある。ニホン語をニホン語に通訳するのだ。

それに、ぼくが書くこと、言うことには、起承転結がない。ひょいと書きだし、言いだして、ながれっぱなしに、ながれていく。

つい二、三年前、あるひとの講演をきいていて、きちんと起承転結があるのに、びっくりした。だれが書いたもの、またはなしでも、起承転結があるのはふつうなのに、最近になって、それに気がついて、おどろいてるというのは、どうしようもない。

しかし、どうにも、ぼくには起承転結というのができない。もともと、起承転結のない男が、書くこと、しゃべることだけは、きちんと起承転結をつけるなど、むりなのだろう。

えーっと、さっき言った酎ハイだけど、これは、焼酎を炭酸で割った焼酎ハイボールのことだ。浅草・千束、猿之助横町の「かいば屋」の主人のクマさんは、酎ハイでなく、ミル酎を飲む。ミル酎というのは、焼酎をミルクで割ったもので、クマさんは、焼酎のサカナを食べる手間がはぶけるとか、焼酎を飲みながら、赤ん坊の気分が味わえるとか言っている。

いつだったか、マイコが……舞子と書くのかな……この「かいば屋」で、野坂昭如さん夫婦といっしょになった。そして、マイコが、野坂さんのことを、「あのひと、だれ？」

ときくので、クマさんが「野坂昭如さんだよ」とおしえてやると、マイコは「ウソォ！」とさけび、そして「ノサカ・ショウジョさんってだあれ？」とたずねたとか……。

そのマイコ……舞子にしちまおう……はだれかって？　舞子は、ぼくが知ってる女のコのうちでは、めずらしくきれいなコで、それが、なんだかスカッときれいで、テレビとか映画とかにでてる、ときいた。

舞子は、ぼくのことを映画監督だとおもったらしいが、それが、助監督に格下げになり、大道具のオジさんにかわり、とつぜん、ぼくは、スタジオのなかで、ホースをもって雨を降らす雨係りのオジさんになった。

これでおわった。さあ、出かけるか。いや、出かける前に、メシを食おうかな。

酔ってふらふら

オホーツク

だいぶまえのことだが、大雪山丸という貨客船で釧路にいった。東京の品川埠頭からの直行便だけど、そのころとしても船賃がたったの二九五〇円なのにはおどろいた。釧路からは根室、そして釧路にもどり網走へ。海を見ながら北海道をぐるっと一周しようとおもったのだ。ぼくは海が好きだ。

網走からはオホーツク海ぞいに北西にすすむことにした。湧網《ゆうもう》線というのらしい。これはいい線だった。ディーゼル車が一両だけ。しかもちっこい一両だ。それまで、ぼくは外国にもいったことがなく、広い畑などは見ていなかった。だから釧路から網走までの内地ではお目にかかれない景色はうれしかった。

網走をでてからの風物には、もっと感激した。なんとひろびろとした畑だろう。それが平坦ではなく、ゆるいスロープになっている。そのなだらかな傾斜がロマンチックだ。

ディーゼル車の窓に顔をくっつけて見とれてるうちに、雨が降ってきた。ゆったりのびやかなスロープに、やはりゆったりした斜線の雨が降っている。あかるい雨だ。初夏のころだった。

やがて雨はあがり、陽の光が野にあふれた。大きな湖があらわれ、その湖をめぐって駅が三つもあり、てっきりあの有名なサロマ湖だとおもったら、能取《のとろ》湖だとおそわった。オホーツク海が見えるところにくる。海、海、とぼくは口のなかでくりかえす。

サロマ湖のまわりは十ぐらい駅があり、サロマ湖が見えなくなり、これで湖はおわったのかとおもったら、また見えたりした。

中湧別か湧別でのりかえたのだろう。そのあいだ二時間ぐらい待った。陽ざしはあかるく、シャツ一枚でそよ風がさわやかだったので、たいくつしながら、ぼんやり待っていた。寒いときだと、こうはいかない。

紋別でまたのりかえた。雄武《おうむ》の駅でおりたときは、もうくらくなっていた。雄武が終点で、これからさきは列車ははしってない。朝、網走をたち、一日がかりでたどりついたという感じだ。

雄武では、まわりはひっそりくらい飲屋で、ミガキニシンに塩をふって酒のサカナにし、その飲屋をでるときは、たべのこしのミガキニシンを、ちぎった新聞紙でまいて手にもち、かじりながらあるいた。そして、海にむかった坂の途中の、これもひっそりしたバーで、竹針で電蓄をききながら飲んだ。

翌日、旅館の若い女のコ二人におくられてバスにのり、そのバスも音標《おとしべ》あたりでのりかえて、北見枝幸《きたみえさし》にいった。バスの通りと平行して、工事中のま新しい鉄道の土手と線路がのびているのだが、工事をしてるひとたちの姿は見えない。工事を中断していたのだろう。いま、列車時刻表の地図を見ると、まだ未通になっており、ま新しいレールはつかわれないまま錆びついているのではないか。バスをのりかえるあいだも、海べにいって、海を見ていた。

登別温泉

ぼくは大浴場が好きだ。四国の道後温泉の漱石の坊っちゃんもはいったという温泉本館。浴場の床の青い大理石がめずらしく、そのすりへりぐあいもよかったが、このあいだいくと、床の大理石がとりかえてあった。ここには、坊っちゃんの間もある。

志賀直哉の『城の崎にて』という短篇小説にもでてくる城崎温泉の「一の湯」も共同風呂だが、建物がモダンでインテリア・デザインもあわい色調のしゃれたもの。こんな芸術的な共同風呂はめずらしい。

九州の日田《ひた》では最上階大展望風呂なんてのにもはいった。陽はうららと、おだやかないいながめだった。

露天風呂はたいてい大浴場で、下呂では益田川のほとりの露天風呂にいったら、雨が降ってきたので、蛇の目の傘をさして湯にはいっていた。

紀州の白浜温泉の共同風呂、崎の湯の露天風呂は海っぱたで、うちよせる大きな波がどっとまいあがり、頭からざんぶりかかってきた。

北海道は知床半島の羅臼のもっとさきのほうで、海のなかに湯がわきだしてるところがある。大浴場といえば、これほど見晴らしのいい大きなフロはあるまい。オホーツク海ぜんぶが浴場のようで、目の前にはロシア領の国後《くなしり》島が見える（セセキ温泉）。

そんななかで、いちばんの大浴場は北海道登別温泉の第一滝本館だろう。ここの大浴場はただひろいだけでなく、おなじ天井の下に大浴場がいくつもある。二十五メートルの温水プールもあるが、それが、ほんの片隅にあるようだ。ま、大浴場のデパートだ。

男女混浴だけど、まことにおおらかで、ニホンでももっとも開放的かもしれない。「ここからむこうは婦人専用」なんて立札も立ったが、さかいのタイルの壁はひくく、らくにのぞきこめる。ただし、婦人専用の風呂にはいったら女性はひとりもいなかった。

旅館の女中さんも、「わたしも婦人専用の風呂にははいりません。のぞかれるのがいやだから」と言った。のぞかれるより、男女混浴の大風呂で、自然におおらかにやっていたほうが気がらくだということだろう。

しかし、だれもいない婦人専用風呂をのぞいてみる、というのはおかしい。はじめて、この大浴場にいったとき、ぼくの前のほうで、ドボンとものすごい音がした。若いカメラマンのＥくんが、婦人専用の風呂を横目でちらちら見ていて、床とおなじ高さの風呂のなかにおっこったのだ。もちろん、この風呂にもだれもはいっていなかった。

「売店で水着のパンツを売ってませんか？」とＥくんがたずねると、旅館の女中さんは水着のパンツをどうするのか、とふしぎがった。Ｅくんは温水プールで泳ごうとしたのだ。ところが逆にパンツをはくのは禁止されていた。

「女性はマリモをうかべて、男性は貝柱をおったてて泳ぐのよ」と女中さんはわらった。

この大浴場は一部がヒノキの床で、木の板はすべりやすいのか丹念にカンナをかけていた。

雪が降って

雨が降って寒い日だったが、午後になり、雨が雪にかわった。このなん年か、東京では雪が降ることは、めずらしい。

北陸で一冬こしたことがある。そのころ、ぼくはテキヤの子分で、東京にかえる汽車賃ができないで、北陸をうろうろしていた。

北陸では、ところによってちがうかもしれないが、十月ごろから、お天気雨が降りだす。

狐の嫁入りというやつだ。これが、だんだん、ふつうの雨になる。そして、毎日、雨が降る。

この雨が雪にかわる。毎日、ドカ降りではなくても、雪のちらつかない日はなく、空はいつも雪空、どんよりしていて、陽がさすことは、ほとんどない。

こんな天気が三月ごろまでつづき、ぼくはあきれはて、うんざりした。ぼくは、雨さえもすくない瀬戸内海の、もとの軍港町の呉でそだった。呉は、おとなりの広島とくらべても、冬の温度は二、三度高く、とても暖かいところだった。町の三方を山がとりかこみ、南だけが湾になってひらいている。ぼくの家は、山の南向きのスロープの中腹にあって、冬でも陽ざしはあかるく、ミカン畑があった。

その後は東京暮らしだから、雪にはなじみがない。まして、なんか月か、雪が降りつづいて、太陽をおがめないなんてことは、はじめてで、くりかえすが、ぼくはびっくりし、うんざりした。

冬の寒い日に、福井県の勝山にいった。ひょいと北陸にいってみたい気がしたのだろう。そのとき、ぼくは大阪にいたのかもしれない。関西からだと、わりとかんたんに北陸にいける。

とくに京都は、もう北陸とつながってるところだ。面長《おもなが》の京美人というのは、北陸系の女性の顔だ、とぼくはおもっている。しかし、たとえば平安時代あたりの京美人は、いわゆるお多福ではなかったのか。

　このてのお多福顔は、近頃では、四国あたりにしかない。ところが、最近では、四国でも、このての顔が見られなくなった。女性の顔かたちが、そんなに急にかわるわけがないから、化粧のせいだろう。

　テレビのためか、女性の化粧のしかたがどこでもおんなじになって、お多福も面長も、キュウリもカボチャもいっしょくたの化粧をする。お多福には、お多福に似合った化粧のしかたがあったのに……。

　お多福、お多福と、ぼくは悪口を言ってるのではない。四国にしばらくいると、このお多福の顔が、しみじみよくなる。

　福井県の勝山は左義長で有名だ。ここでは、サギッチョという。新年の火祭で、今はどうかしらないが、九頭竜川の河原で、正月の門松やお飾りをつみ上げて焼いたりした。

　ぼくがテキヤの子分で北陸をうろついてたときも、勝山の左義長《サギッチョ》の高市《たかまち》（お祭り）にはきた。雪が降り（毎日のことだが）寒かったのをおぼえている。

　勝山の左義長では、各町内に櫓《やぐら》をたて、その櫓の上で、太鼓をたたき、三味線をひいて、おなじ歌をくりかえした。

〽蝶よ花よ　花よのねんね

乳首はなせ　乳首はなせ

こんな歌だが、どんな謂《いわ》れのある歌か、どんな意味かもわからない。
いや、左義長のときは、そのあいだだけ、もっと奥の大野の町から商売にきたのだが、その前の夏のあいだ、ぼくは勝山にいた。

そして、土地のテキヤの家にごろごろしていたり、勝山の商人宿にも泊った。この商人宿に托鉢の坊さんがいた。枯れた人品の老僧に見えたが、そんなに歳ではなかったのかもしれない。ぜい肉などは、まったくなく、だから、枯れた人品にも見えたんだけど、托鉢と言っても、そこいらを、ちょろっと托鉢してかえってくるのではなく、托鉢の旅にでると、十日も山里をまわることもあり、それが、みんな足であるくのだ。

つまりは、きたえられたからだで、筋肉のひきしまった、ワイヤー・ロープみたいなからだつきだった。

そして、この坊さんが宿にかえってくると、すぐ若い女がかけつけた。この女は赤線の女だった。もっとも、ここの赤線は、戦前の遊廓の建物がそのままのこっており、しかも、すぐそばに水の流れもある。樹木のみどりのおおいところで、しずかな、自然っぽい感じで、赤線という言葉はもちろん、遊廓という名前もそぐわなかった。

この女も、夜、客をとるときのことは知らないが、化粧などはぜんぜんしておらず、かんたんなワンピースに下駄をつっかけている恰好で、そこいらの女のコというふうだった。

また、坊さんが托鉢の旅からかえってくると、この若い女は、息せききってかけつけてはくるが、坊さんとイチャイチャするってことはなく、すぐ、大アグラをかいて、バクチをはじめる坊さんのうしろで、どうってことはない表情で、バクチを見ていた。

いや、このひとは枯れた老僧に見えたが、頭を剃り、僧衣は着ていたけど、托鉢専門のニセ坊主だったのかもしれない。テキヤの子分のぼくとは、ご同業というわけだ。

この坊さん（？）が托鉢の旅に出かけていないとき、ぼくはこの女といっしょに、九頭竜川にあそびにいったりして、かなりなかがよくなった。すっとんきょうなコで、屈託のないコだった。ぼくは、こういう女のコが好きだ。

この女は、どうして赤線の女になったか、また、枯れた老僧に見える、あの、たぶんニセ坊主とは、どういうことでしりあったのかといったことは、たぶん、なんにもはなさなかったし、ぼくもきかなかっただろう。

また、この女と待合わせるということもなく、しかし、せまい町なので、しょっちゅう顔をあわせては、二人であそんでいたのだろう。

しかし、冬の寒い日に、ひょいと、福井県の勝山にきたとき、ぼくはこの女のことをおもったかどうか。樹々にかこまれた、あのしずかな赤線の建物を見にいったような記憶もない。わざわざ見にいかなくても、その前をとおったかもしれないが、おぼえていない。

だけど、あの夏の、あのときは、ぼくはこの女と、ほんとになかがよかった。

角館

秋田県の角館《かくのだて》と、いまものこっている武家屋敷は、あまりにも有名だ。昔は、城下町には……角館にはお城はないようだけど……どこにでも、武家屋敷があっただろうが、角館みたいに、その一部が、ほぼそっくりのかたちでのこっているのはめずらしい。

その有名な角館に、ぼくははじめていった。そして、武家屋敷を見た。まず、屋敷の黒板塀の色がよかった。艶《つや》をころした黒い色で、昔の剣道の稽古着の洗い晒《ざら》した黒い木綿の袴《はかま》の色みたいでもあり、まことに武家的である。

ぼくは、広島県の元軍港の呉でそだった。呉の海軍鎮守府構内にならんでいた官舎の塀も、こんな黒板塀だったのをおもいだす。考えてみれば、あの海軍士官の官舎も武家屋敷だったんだなあ。

テレビや映画の武家屋敷は、まず、いかめしい門とでかい標札のりっぱな玄関がでてくる。しかし、ほんとは、標札などはなかったらしい。

だって、郵便屋さんもこないんだもの。また、角館の武家屋敷はいかめしい門もなかった。ただし、門の扉の両側に、門番部屋というよりも、ちいさな家みたいなものがついた門を、ぼくはほかでは見たことがある。

　そして、角館の武家屋敷は、そんなに大きな、りっぱな玄関などはなかった。だいぶきょろきょろさがしたが、玄関らしいものがない武家屋敷も見た。

　六十石取りの武家屋敷というのがあった。角館では中級武士の上のほうだったのかもしれない。大きな屋敷でもないし、ちいさいともおもえない。中級武士の屋敷といっても、ちっぽけなもので、とだれかが言ったのに、いや、そうではない、うちの屋敷などはかなり大きくて、と安岡章太郎さんが書いていらしたとおもうが、各地で、あるいはその家によって、大きさはいろいろあったのではないか。たとえば、禄高などはない郷士みたいな家でも、その土地の大地主だったりしたら、屋敷は大きかったにちがいない。

　角館の武家屋敷は、どの屋敷にも大木があった。大木がある家に住みたい、とモノカキ仲間のうちでもとびぬけて大巨漢の石堂淑朗は言ったが、東京ではむりですよ。石堂よ、角館の武家屋敷に引っ越してこい。げんに、ここでは、昔ながらの武家屋敷に、そのご子孫かどうか、人が住んでる屋敷がおおい。そんなふうだから、角館では武家屋敷も、昔ながらにのこっていたのだろう。

　いくつかの武家屋敷の大木がある庭には、イガがついた栗の実がおちていた。ぼくは、栗のイガは褐色だとばかりおもっていたが、木からおちてすぐの栗の実のイガは、青みがかったみどりの、じつにみずみずしい色だった。こんなに冴《さ》え冴《ざ》えと、けっして濃いみどりではないが、あわく青く、したたるようなみどりは、東京ではお目にかかれない。

角館は、米、木材の産がおおいそうで、樺（カバノキ）細工も有名だ。これは、天然の山桜の皮をつかう細工で、昔は、武士の手内職だったという。

ぼくも、角館の樺細工の莨《たばこ》入れをもっている。ほそ長い小刀のような管の煙管《きせる》入れに、印籠《いんろう》みたいな刻《きざ》みタバコ入れがぶらさがったものだ。山桜の皮といっても、しずんだ、しぶい色で、おちついた光沢がある。

煙管入れは、それこそ小刀でも抜くみたいに、あんがいふかくさしこんである蓋《ふた》をとると、スポンと、昔なつかしい、いい音がし、煙管がはいってる刀の鞘《さや》にあたる部分が、ただのまっすぐな管ではなく、下のほうが、ほんのわずかだが、ふくらみかげんになっていて、その曲線がなんとも言えない。また、印籠状の刻みタバコ入れをぶらさげた紐がとおってる管の部分も、いくらかふくらみがあり、そのふくらみぐあいもすばらしい。ところが、こんなすばらしい角館の樺細工を、いつ、だれにもらったのかは、わからない。

加賀温泉郷潜行記

とつじょ、ヨーロッパの上を飛んで、小松空港に着いた。

小松飛行場のそばには、広いゴルフ場がある。ゴルフ場はヨーロッパの風土だ。家畜化され、あまりにもドメスチックな自然。ただし、ぼくはヨーロッパにはいったことはない。

小松空港から山中温泉にむかう国道八号線に、新しいモテルがたくさんできていた。

これが、みんなモーテルでなく、モテルなので、ザマーミロとおもう。モテルのはしりのころ、ぼくは朝日新聞とケンカした。朝日はモーテルと書いてたのだ。

しかし、ぼくは、まだ生まれて一度も、モテルにはいったことがない。そう言うと、タクシーの運転手が「クルマはおもちですか」ときいた。

すみません。つい、クルマがないもんで、ごぶさたして……。

山中温泉の町にはいるてまえに、漆器団地というのが、二つほどあった。もと、山中は温泉と漆器の町だったが、その漆器が、ほとんどプラスチック製になり、町をでて、工場団地をつくったのだそうだ。

黒谷川にかかった橋をわたり、紫水園ホテルにいく。山中温泉は、この川を見おろして、旅館やホテルがたっている。

さっそく、大浴場にはいり、窓をあけて、お湯のなかから、黒谷川をながめた。川をはさみ、樹々のみどりがしたたっている。東京なんかにはない、みどりの色だ。むかし昔の活弁の名文句に、「夢までみどりにそまりそう」というのがあったが……。

おフロからあがると、もう夕食のごちそうがならんでいて、芸者さんもきた。可夜子さんに一也《いちや》さん。

可夜子姐《ねえ》さんの山中節をきく。正調ナニナニ節というのは、なかにはいやにもったいぶって、かえっていやらしいのがあるが、可夜子姐さんの正調山中節は、端正で淡白で、真ソバみたいな味だった。

一也姐さんが、チョイ、チョイ、と、これまた鷹揚な合の手をいれる。

可夜子姐さんの膝の上の三味線の胴に、ちっちゃなエクボみたいなのが、二つ、ぽつんぽつとついているのに気がついた。

ぼくがふしぎがると、三味線にするネコの乳首だ、と一也姐さんがおしえてくれた。よくみると、三味線の胴のはしのほうに、もう二つある。

「二匹分のネコの皮なのかい」

ぼくは、学のないことを言い、ネコのオッパイは二コきりではない、とわらわれた。

つい、その、ニンゲンの女しかしらないもんでして……。

ハカマの説明もしてもらった。ハカマってのは、着物の上からはくもんだとおもったら、キモノの下にはくハカマもあるんだな。下といっても、かなり下のほうだ。

キモノのすそが乱れないように、いや、乱れたとき、あられもなく、アンヨの上流なんかがでないように、ふつうのお腰巻とちがって、ここが、こんなふうに……と可夜子姐さんが立ちあがり、実演、説明してくれるんだが、どうもよくわからない。すると、一也姐さんに、わからない、わからないって、さっきから、おメメのヨロクをしてるんじゃないの、とおこられた。

若い芸子さんもよびましょうか、と言われ、「うん、どんどんよぼう。パーッとやろう。パーッと……」とさけぶ。オレ、森繁久弥の「社長シリーズ」なんて映画の見すぎじゃないのかな。

もう二人、美保さんとたか子さんという若い芸者さんがきて、ガバチャカに飲む。もう、夜おそく、部屋は、お膳をさげて布団を敷くというので、ホテルのお好みコーナーにうつり、ここでもカンバンちかくまでねばって、タクシーにのり、町のスナックにいく。いつのまにか、ぼくは、禿げ頭にたか子姐さんのカツラをかぶっていて（まさか、日本髪用のカツラじゃないけどさ）スナックのトイレで鏡を見て、ギョッとした。

しらない男が、ぼくのタートル・シャツを着て、手をあらっている。

スナックで飲んでるあいだに、美保姐さんもたか子姐さんも、超ミニ・ドレスに着がえてきた。白い、すべっこいアンヨがドキドキでちゃってる。

〽シシが髪結て、身をヤツす。

というのは、山中節だが、この芸者《シシ》たちは、

〽シシがミニ着て、ゴーゴー踊る。

翌朝、美保姐さんがむかえにきて、いっしょに、町のひとたちは総湯とよんでいる共同湯にいった。

美保姐さんは、お座敷着とも、深夜の超ミニ・ドレスともちがい、紺のカスリの着物に、きいろい縞の細帯をきりっとしめ、蛇の目の傘をもち、爪皮《つまかわ》のついた高下駄をはいていた。黒谷橋から見る鶴仙渓のみどりを濡らしてほそい雨が降っている。

共同湯の広い洗い場に、ひとりですわりこむと、お尻のホネが、ごちん、と花崗岩の床にぶつかった。腹ばかりでて、尻の肉がおちてやがる。ああ、オレもオジイになった。

山中駅から加南線の電車にのり、ガッタン、ゴットン、山代で乗りかえ、動橋《いぶりはし》にでた。

この加南線も、近く廃線になるらしい。ペンペン草のはえた屋根もこまるが、ペンペン

草のはえたレールはかなしい。

動橋の駅前もひっそりしていた。去年の十月一日に加賀温泉駅ができて、片山津温泉にいく客も、ほとんど、そちらでおりるらしい。

終戦後、はじめて片山津温泉にきたときには、ここから田圃のなかをはしる電車にのった。

二度目のときは、動橋の駅前から片山津行のバスがでていた。

その電車もバスも、今はない。思い出の電車とバスをとむらって、動橋から片山津温泉までの三キロの道を、あるくことにする。

北陸本線の線路をこえるあたりで、タコ焼を買った。「タコ焼をひとつください、お供します」なんて、途中で、きれいな女のコがでてこないかな。

途中のドライブ・インの前に女のコがたっていたので、タコ焼をもって近づくと、大久保清、って目でにらまれた。

近道をし（たつもりで）水田のあいだの畔道をいくと、二十センチぐらいに稲がのび、蛙がケロケロ鳴いていた。

交通公社で予約しておいた矢田屋旅館にたどりつく。センチメンタリズムは疲れるものだ。

さっそく片山津温泉の本田さんがいらして、おフロはあとまわしにし、クルマで出かけた。

まず、橋立海水浴場へ。

ぼくは海が好きなので、ゾクゾクしてくる。海ほど官能的なものはないかもしれない。こんどの旅でも、もちろん海水パンツをもってきた。しかし、日本海の水は、まだすこし冷たい。

海水浴場とならんで、橋立の漁港がある。この沖で、一昨年、たくさん板貝がとれたそうだ。それまでは、鳥取県でしかとれなかった貝で、その年は、鳥取県では、まるっきり姿を見せなかったという。

この貝は、リーダーを先頭に、波の上にたって、一夜に千里を走る、といわれているらしい。謎めいた貝だ。

「尼御前」の岬にたって、はるか遠く能登半島につづく、きりたった断崖をながめる。うちよせる日本海の波が崖に白くくだけていた。

ちいさな、きいろい花をつけた草がはえていたが、近くの家のひとにきいても、だれも名前をしらない。

それから、「実盛塚」にまわった。白髪《しらが》を染めて出陣し、討死にした斎藤別当実盛の塚だ。盆栽をうんと大きくしたような、屈折した心情の枝をのばした老松が塚にたっていた。

塚のそばに、ミヨちゃんの下駄《カッコ》の鼻緒の色みたいな、赤いかわいい草花が咲いていて、これも摘んできたが、やはり、名前はわからなかった。

片山津温泉は柴山潟のほとりに旅館やホテルがならんでいる。その柴山潟が新堀川によって海とつながる水門にいく。

水門の下のほうに、大きなへら鮒《ぶな》が、銀色のお腹《なか》をみせて、なん匹も浮いていた。鯉もいる。

新堀川をくだってきた柴山潟の鮒や鯉が、水門がひらいたとき、おしながされ、しょっぱい海の水に酔い、だけど、もうそのときは水門はしまっていて、潟にはもどれず、酔いつぶれて死んじまうらしい。

事実、とつぜん、しょっぱい海水のなかにはいり、酔って、ふらふらおよいでいる鮒を、ちょいちょい見かけるという。

ここから、柴山潟をこしてながめる白山の姿が最高です。と本田さんは言い、クルマを運転してくださった方も、ほんとバツグンだ、と自慢した。

ぼくの死んだ父は、富士川のちかくで子供のころそだったが、そこからの富士山の姿がイチバン、と自慢していたのをおもいだし、ぼくは、ひとりで、アハアハわらった。

柴山潟のほとりの篠原の古戦場によった。れいの斎藤別当実盛の首を洗って、しらが染めをおとしたという首洗池がある。五月ごろは、池にあやめ、菖蒲がいっぱい咲き乱れるそうだ。

「むざんやな兜《かぶと》の下のきりぎりす」

という芭蕉の句碑がたっていた。

斎藤別当実盛の首を討ちおとした手塚太郎の名をとった手塚山にのぼるとき、案内の本田さんは、棒っきれをひろい、そのあたりのこっさ（松の落葉）をかきわけた。松露というちいさなキノコをさがしてるのだ。霜がおりるころには、その霜をおしあげるようにしてはえている「霜おこし」という、やはりおいしいキノコがあるそうで、四季に応じて、山のもの、海のものをさがしてあるくたのしみは、大きな都会では味わえないものです、と案内の本田さんは、目をほそめるようにして言った。

矢田屋旅館にかえり、おフロにはいる。片山津温泉のお湯はしょっぱい。片山津、粟津、山代、山中と、クルマでほんの二十分ぐらいの距離にある温泉なのに、それぞれお湯の質がちがい、だから効く病気もちがうのだそうだ。山中温泉は骨の病に、片山津温泉は胃腸病。

夕食には、北陸名物の甘えび、カニ、あわびなどが、いっぱいならんでいた。

甘えびは、むっちり舌にからみつくようで、ほんとにあまい。

カニの身を、女中さんにほぐしてもらう。北陸の温泉がいいのは、女中さんがやさしくて親切だからだろう。山中温泉でも、この片山津でも、女中さんが、つきっきりで世話をしてくれた。

近頃は、やはり人手不足なのか、どこの温泉場や旅館でも、女中さんのサービスがよくない。

なかには、一杯のお酌もせず、ゴハンもよそらず、「おいておきます」とガチャンと、お膳をおいていっちまう女中さんもいた。

お醤油がなくて追いかけていくと、何段にもなったお膳を車にいっぱいのせて、廊下をおしていっていた。まるで、病院の給食だ。これではサービスもクソもない。

ところが、北陸の温泉では、女中さんの数がおおい。それに、なぜか美人ぞろいだ。この前、片山津温泉にきたときは、「温泉こんにゃく芸者」という映画のロケで、ぼくは、こんにゃく芸者の女屋《おなや》実和子さんとベッドシーンをやった。

さいしょに片山津にきたのは、たしか昭和二十《ビタ》四年だった。

そのころ、ぼくはテキヤの子分で、東京から旅にのってきたが、稼ぎがわるく、じつは、東京にかえる汽車賃《ノリチン》をこしらえられず、北陸をウロウロまわっていた。

はじめは、親分《おやじ》や姐さんもいっしょだったが、親分にはぐれて、新米の子分のぼくひとり、その日は、鯖江から福井にでて、小松にきた。

鯖江をたつときは、福井までの電車賃しかなく、福井で、すこし稼いで、それで、小松までのキップが買えたんだろう。

だから、小松駅でおりたときは、もちろん一文無《ハエネカ》しで、土地の親分さんの事務所に仁義《アイツキ》をとおして、場所《ショバ》をもらい、また、ちょっこん稼いだ。もうしおくれたが、ぼくは、胡麻《ごま》のハエの上前もはねるということから、ロクマとよばれた易者をやっていた。すると土地のテキヤのおにいさんが、どうせ泊るなら片山津がいい、温泉場は稼ぎにもなる、とおしえてくれ、小松から動橋へ、そして、田圃のなかをはしる電車で片山津にきたってわけだ。

小松で稼いだ金も、ごくわずかで、片山津についたときは、またまた一文無し。もし、片山津で、ぜんぜん商売《バイ》にならなかったらとおもうと、かなしい気持ちになる。事実、北陸をウロつきだしてから、もう何度もそんなことがあったのだ。外で寝れば、夜はつめたく、空きっ腹では、よけい寒い。

しかし、旅ってやつは、しらないところにきて、心細く、ものがなしいのが、じつは、旅のダイゴ味ではないだろうか。かなりつらいダイゴ味だけどさ。

ともかく、そんなわびしい気持ちで、子、丑、寅……と十二支をかいた布をひろげ、ステッキをついてしゃべりだしたが、まるっきりひとが集ってこない。

そのころは、片山津温泉も今みたいににぎやかではないし、だいいち、通りをあるいてるひともほとんどいない。

やれやれ、きょうの晩メシは柴山潟の水かな。どうせ潟の水を飲むんなら、いっそ潟に身投げして、たらふく飲んでやるか……。

なんて、わびしい気持でいるときに、ええ美《マブ》い女がやってきた。ほそ面で、におうように肌が白くって、キモノを着た背中の線がシャキンとし、ところが、おヒップは、むっちり、あまいカーブでつきでている。女は小走りに、前の建物にはいっていき、そのとき気がついたが、前は検番だった。キモノでしめつけていながら、乳房のふくらみも弾んでいるし……キャッ、きれいな芸者だなあ、ぼくは、しばらく、柴山潟の水のこともわすれ、検番にはいっていく芸者の後姿をみつめていた。

その検番の建物は、こん度きたとき見つけたが、あの芸者の後姿の残像が焼きついている景色は、どこにもなかった。

近くに松並木があって……とぼくは説明するんだが、古くから片山津にいるひとも、見当がつかずに、わらっている。だいいちぼくが泊った旅館もわからない。

しかし、この芸者さんには、もう一度あっている。あのとき、片山津で、ぼくは、いくらか商売になったんだろう。かなり大きな旅館にとまり、こっそり、焼酎も買ってもちこみ、飲んだ。

そして、連日、大聖寺にいき、これは、商売になり、何人かの客を旅館につれてきた。大道でひとを集め、運勢鑑定する客を旅館にひっぱってくるのだ。ところが、あなたの手相・人相によると、なんて大聖寺の旅館の部屋ではじめたとたん、となりの部屋の物音が耳にはいった。それがふつうの物音ではない。あきらかに、おとなりでは男と女とホット・シーンをやっている。また女の声があまったれて、からみつくようで、えんえんとつづくのだ。

こっちも若いし、鑑定なんかしていられるどころではない。旅館の女中さんにたのんで、階下の部屋にかえてもらった。

旅館の女中さんにきくと、片山津温泉の芸者が客と遠出をしてきてるんだという。

夜になり、ひさしぶりに商売になったので、一杯やってると、運勢をみてもらいたい、と女中に案内されてきたその芸者の顔をみて、ぼくは、もったサカズキ、はったとおとした。あの片山津の検番の前で見かけた、ほろほろに美しい芸者ではないか。

まず手相を、と手をとれば、すべっこく、弾じけるような肌ざわりで、におうように……でなく、ちゃんと、若い女っぽいにおいが、むらむらにおってくる。

だけど、この、せつなくくびれた腰が、二階のとなりの部屋で、客の男と……ぼくはかなしく、彼女のてのひらの生命線も感情線も恋愛線もボウッとかすみ、眼水《ガンスイ》（涙）バラしそうになった。

このとき、大聖寺には十日ぐらい、いただろうか。大聖寺を発つ夜、先頃、山で亡くなった深田久弥先生にお目にかかった。

大聖寺での商売も、いくらかよかったのは、はじめのうちだけで、テキヤの言葉でいえば、客《ジン》が枯れ、まず酒を飲む金がなくなり、つぎに、貸本屋から本を借りるゼニもなく、しかたなく、ぼくはザラ紙を買ってきて、小説を書いた。これが、いちばん安上りだった。

それをもって、大聖寺に疎開なさっていた深田先生のお宅にいき、読んだのだ。あとで、深田先生は、「あのときのきみの声をおぼえてるよ」とわらっていた。

大道商売の口上《タンカ》でつぶれた、れいの香具師《ヤシ》声で、ぼくはザラ紙にかいた小説を読んだんだろう。

奈女沢温泉

目をさまし、お湯にはいろうとして、廊下にでたぼくは、ぼんやり、足がとまっていた。つかまってしまったのだ。またもや、哲学者の井上忠先生ふうの言いかたの真似であいすまないが、廊下のつきあたりの窓の外につづくものに、ぼくはつかまってしまった。

窓の外につづくものなどと、言ったけど、はたして、それはものだろうか？　ふつうならば、風物とか風景とかってところだが、はっとつかまったときは、そんな名前もない。

窓の外を、きらきらおちてくるものがあった。光がくだけて、ちいさな、ちいさなつぶになって、まきちらされてるみたいだ。これは……雨なんだろうなあ。あかるい空から、無数のちいさな透明のつぶが、陽にかがやくというより、陽そのもののこまかなかけらになっておちてくる。

無数の陽のかけらが、舞台の前景であり、あかるい深みの背景にもなり、また、舞台ぜんたいをうごいて……生きて……空間になってそのなかで、とりどりの色彩がざわめいている。

風があるのではない。とりどりの色彩が、いっしょに、そこにあることで、音のない、色彩のざわめきがきこえる。

これも、色の名前をならべることなど不可能だが、かりに、世間の色の名をならべてみようか。きいろ、レモン・イエロー、それも、きいろいきいろから、オークル・ジョーンの土の色がまじったきいろ。あおいみどり、きいろいみどり、そしてあかいみどりさえも……。

ざわめく色彩は、ざわめきながら、高く、高くのぼり、そら色の空につらなり、よこにもざわめきひろがって、きいろをまし、赤をまし、みどりの梢も見える。

山は紅葉してるのだ。紅葉してると言っても、山ぜんたいがまっ赤ではない。それじゃ、カチカチ山の山火事だ。きいろい葉もおおい。まだまだあざやかなみどりもある。そのなかで、赤も照り映えている。

右も紅葉の山、左も紅葉の山、うしろにも紅葉の山々がつらなっている。そして、山のあいだを川がながれていた。

山あいの渓流だが、ぼくがたってる窓のすぐ下のあたりは、左右の山すそがせまったその下に、ちいさな草むらなどがあって、おだやかな流れだ。

それが、もう目をあげるまでもなく、山あいもせばまり、流れも高くなっていき、岩を噛むしろい水のさわぎが見え、その奥の正面にも山がそびえ、山の頂上まで、色とりどりの紅葉で、山の峰につづく空の青さにまで、樹々の紅葉のとりどりの色がにじんでいる。この正面のはるかむこうにそびえる山の峰は、ひときわあかるく、左の山よりも、右の山よりも、どの山よりも高くて、天の陽を、よけいにわがものにしてるらしい。

昨夜、ここに着いたときは、もう、夜の九時半ごろになっていた。もちろん、まっくらで、旅館の部屋部屋の灯も、まわりをとりかこんだ山々の重量による闇にひしひしととりかこまれ、吸いこまれて、なにも見えなかった。

だから、今朝、お湯にはいるため、手拭をぶらさげて、廊下にでて、窓の外につづくものに、はっと、つかまってしまったのだ。ぼんやり、足がとまってしまった、ともぼくは言った。ぼんやりと、はっととでは、まるでちがうみたいだが、つかまってるときは、さいしょは、つかまってることもわからないようで、だから、ぼんやりでもあり、はっともする。

左の山すそ、右の山すそ、そのあいだをながれる川、目で川を上流にたどって、正面の山腹をのぼる。紅葉した山の峰のあかるさ。でもなにしろはるかな高みなので、とりどりの色ながら、おぼつかないとりどりの色彩になっている。その色を空の青さににじませた山の頂きまで、しーんとあかるく、ここは、ほんとに山のなかだ。

きのうは、午後六時二十三分上野発の上越線急行佐渡五号できた。その時間まで、大橋巨泉さんの司会のクイズダービーというテレビのクイズ番組の録画取りがあったのだ。ぼくの賞金は、「パンパカパーン！」最高の十万円。

佐渡五号が水上に着いたのは、午後九時ごろで、駅前からタクシーにのった。この奈女《なめ》沢《ざわ》温泉・釈迦の霊泉は、水上のひとつてまえの上牧《かみもく》の駅のほうが近く、昼間は、旅館から送迎のマイクロバスがでている。

タクシーは上牧の駅のてまえで、左の山のほうにはいっていった。舗装してない、ほんとの山道だ。ひっそりくらい山道で、キツネやタヌキがでそうだな、とぼくが言うと、タクシーの運転手さんが、ほんとにキツネやタヌキはでるし、熊もでる、とこたえた。

夕食は、鯉の洗い、虹鱒《にじます》の甘露煮、蕗《ふき》のとうのおひたし……これは、ほろっとにがくて、ぼくは大好きだ。鱈子をまぶしたイカ、タラの芽、コンフリー、椎茸、さつまいもの天ぷら。大根としめじの味噌汁。月見そば。それに、あさく漬けたタクアンに味噌漬けなどのお新香。

酒は地酒の力鶴。このお酒はおいしかった。どこかにいくと、おいしい地酒があって、ということをよくきくが、ぼくは酒好きで、旅行をすると、たいてい、その土地の酒を飲んでみるけど、かくべつにおいしい地酒というのは、ほとんどない。もっとも、沖縄にいけば泡盛、九州では九州の土地土地の焼酎を飲み、それが口にあう。しかし、東京では泡盛も九州の焼酎も、飲む気はしない。むしろ、ふつうの焼酎のほうがいい。ところが、九州の宮崎でだったか、ふつうの焼酎があったので、飲んでみたら、飲めたものではないような気がしたのは、おかしかった。

ともかく、この地酒の力鶴はおいしかった。甘ったるくなく、さらっとして、ぼくみたいなノンベエにはむいているのだろう。くりかえすが、こういうことはめずらしい。

山のなかの一軒だけの旅館なので、夜がふけるのもはやく、もう灯が消えているお風呂にはいる。手さぐりで、湯ぶねに手をいれると、なまぬるい水だ。夜もおそいので、お湯がさめてきたのかとおもったら、浴室の奥のほうにも湯ぶねがあって、こちらは、ちゃんとあったかいお湯だった。

朝になってわかったのだが、つめたいほうの湯は、湧き出たままの湯で二十五度、あつい湯は、それをわかしたものだそうだ。

ここのお湯は、いろんな病気によく効くお湯らしいが、原子病、白血病にも効果があり、禿げ頭にも効くとのことだった。「旅」の編集部が、ぼくにこの温泉にいくようにいったのは、日ごろ、浮かれてさわいでるぼくをこらしめるために、山のなかのさみしい温泉宿にやったのかと恨んでいたが、このお湯がぼくのハゲ頭にも効くのではないかという、ありがたい、おもいやりがあったのかもしれない。

さて、禿げをなおすのには、湯ぶねの外で頭部を洗い、タオルをかぶり、マッサージを行いながら湯をかぶるのだそうだ。

この温泉のご主人の今井貴美子さんは、禿げ頭治療の「ケミコローション」を発明された方で、ぼくの禿げ頭も、ちょっと治療してあげましょうか、と言われたが、ぼくはおことわりした。ガールフレンドに、ぼくは、頭に毛がないから、いくらかさっぱりしてるようなものの、この頭に髪があったら、ほんとに卑俗な、どうしようもないスケベな顔つきになるだろう、と言われたからだ。釈迦の霊泉の霊験あらたかに、禿げ頭に毛がはえて、ガールフレンドに逃げられてはこまる。

朝のお湯はいいもんだ。湯ぶねのなかで、ぼんやりしている。鳥の声がきこえるが、なんの鳥だろう。癌にも効くというお湯を、ちょろちょろと湯呑みに注いでは飲む。二日酔には効きそうだ。二日酔に効くならば、どんな病気にでも効くだろう。ハゲと二日酔のクスリはないんだから。

お湯のなかで、埼玉県の本庄からきたというおじいさんとはなしをする。とりたてて、なにかをしゃべったわけではない。お湯につかって、むかいあい、なんとなく、しゃべっている。

朝食は、豆腐の味噌汁に、きゃら蕗をそえた厚焼たまご、紅葉《もみじ》の葉の上にのった紫蘇巻き……なかはピーナツと胡麻の味噌……、ごぼうの煮物、切干大根の煮つけ、これが味がよくしみて、おいしかった。切干大根は、飲屋のお通しなどで、よくでるが、なかなかおいしいのはない。梅干、タクアン、蕗味噌がちょっぴり。

陽のさしこむ、窓ぎわのテーブルで、五、六人の女性が、さかんにおしゃべりをしながら、食事をしている。陽はあかるくさしこんでるが、窓の外には、きらきらかがやく、こまかな陽のかけらのように、天気雨がおちている。

食事は、この大きな食堂でするのだが、けっこう、たくさんのお客がいる。上野駅から二時間、谷にそった、山あいの道は、あるけば一時間半はかかりそうだけど、旅館のマイクロバスはあるし、東京からはけっこう交通は便利なのだろう。窓ぎわの女性たちの言葉も、きれいな東京弁だった。

この奈女沢温泉、釈迦の霊泉は、山のなかに旅館が一軒だけと言ったが、これも朝になってわかったことだけど、建物はいくつもある。おまけに、大きなプール（四十五メートル）もあって、このプールをお湯でいっぱいにするのには、なん日もかかるそうだ。

旅館の長男でエカキさんの今井基支《もとし》さんが、そのプールのむこうの建物のなかの釈迦堂に案内してくれた。この釈迦堂の仏壇のまんなかにある仏画は、母上の今井貴美子さんが描いたということだが、頬のあたりにお髭をはやした、インドの行者みたいな釈迦像だった。

しばらく山をくだったところに、今、建立中の仏舎利塔にはいることになっているお釈迦さんの彫刻を見せてもらったときも、ほう、とおもった。

これも、母上の作だそうだが、台座にすわった、人のからだの倍以上はある大きな仏像だが、よくある仏像とは、まるっきりちがう。

ふつうの仏像は、それこそ、ふっくら円満なホトケさんの顔で、ついでに、からだも肉づきがよく、まるくお腹もつきでている。

しかし、このお釈迦さんは、面長で、お髭もあり、からだも、けっしてふっくらとしてはいない。歳も、せいぜい三十歳ぐらいで、アーリア人種の現地人の顔つきだ。

この仏像を見て、気がついたのだが、ふつうの仏像は、髪の毛こそちぢれてるが、中国の貴人の面立ちではないのだろうか。仏像は中国をへて、ニホンにやってきた。黒人の国のキリスト像は黒人だし、マリアさまも黒い顔、その手にだかれた幼子《おさなご》イエスも、黒い皮膚の赤ちゃんだ。タイのバンコックにいったとき、映画館の看板にチャップリンの顔がでていたが、タイの人たちとおなじ、褐色の顔のチャップリンだった。

仏教がインドから中国にはいり、ホトケさまが、だんだん、中国の貴人の顔つきになったとしても、ふしぎではない。また、ニホンでも、仏教がやってきたはじめのころの仏像とあとのほうでは、かなり日本化がすすみ、あんな仏像のパターンになったのかもしれない。

三十歳ぐらいの、このアーリア人のお釈迦さんは、はにかむようにほほえんでおり、手をあげているほうの右肩が、すこしさがっていた。手をあげてると、そちらの肩があがるのではなく、肩がさがってくるのが自然らしい。

これくらいの仏像をつくるのには、みじかくても三年はかかるそうだが、釈迦の霊泉のご主人の今井貴美子さんは、たった一か月でつくったという。霊感をうけての制作で、お顔のところなどは、お釈迦さん自身が手伝ってくれたそうだ。こういうことは、荒唐無稽なはなしのようにきこえるが、ぼくはおどろきもしないし、あり得ないことともおもわない。そんなことには、子供のころから慣れてるのだ。

しかし、釈迦の霊泉、という名前は、いったいどこからきたんだろう、と考えていたが、この仏像を見て、言葉で説明されるよりも、よくわかった。この釈迦の霊泉の主《ぬし》は、いつも、お釈迦さんとはなしてるのだろう。

旅館の廊下の窓から見えた川の上流には、岩にびっしり苔がはえ、その苔が、ビロードのようになめらかに光ったり、色をかえたりする谷が、一、二キロもつづいているという。

これから、雪になると、この温泉にあがってくる道の谷あいのところなど、雪の深さが一・五メートルぐらいになるそうだ。だから、ブルドーザーで雪かきをするらしく、そういえば、案内してもらってるときに、ブルドーザーを見かけた。

また、山あいにはいってからの道は、ずっと私道だそうで、その土地を買ったときには、そんな金があるのなら、下のほうに、大きなビルが建つのに、と言われたという。

下のほう、という言葉もおもしろい。ほんとに、はるばる山道をあがってきた感じなのだ。長男の今井基支さんのはなしによると、やはり、下のほうが便利なので、あちこち、温泉のボーリングをやってみたが、ほんの百メートルはなれても、温泉の湯の質がちがい、現在のところの湯がとくべつにいいとのことだった。

釈迦堂があった建物は、ぼくが泊った建物から、川にそって、すこしくだったところにあったが、ここの浴室はおもしろかった。ひとがひとりだけはいる木の浴槽がいくつかならんでいるのだ。こんなのは、はじめて見た。映画「アガサ」にでてるイギリスの温泉治療場にでもありそうな浴槽だ。

そのよこに、ほそ長い、かなり大きな浴槽があったが、これは、このなかで、ばちゃばちゃ、からだをうごかすためのものらしい。
四十五メートルの屋外プールにしても、この温泉は小児麻痺の治療にくるひとがおおいときいた。

さて、かえりはくだり坂だし、色とりどりの紅葉の色と山のにおいをかぎながら、ぶらぶらあるいていこう……とおもったのだが、旅館のマイクロバスにのってしまった。悪貨は良貨を駆逐するというが、便利さは風流をおしのけてしまうようだ。マイクロバスには、ぼくのほかに、東京からきて、三日ばかり泊った女性が二人。毎年、春と秋に、この温泉にくるのだそうだ。

　このあたりは、水上温泉がいちばん有名だが、上牧温泉、猿ヶ京温泉、三国温泉郷、湯宿温泉など、温泉がおおいが、この奈女沢温泉がいちばん古く、昔は、湯治の病人を駕籠にのせて、山道をのぼったらしい。明治のはじめの地図にも、この奈女沢鉱泉がでてるだけだという。水上温泉も、さいしょは、この温泉のひとが、おりていって、温泉宿をつくったともきいた。

　水上駅まで、マイクロバスでおくってもらう。水上から越後湯沢へ、清水トンネルをぬけないで、三国峠をこえるバスにのるつもりだったのだ。しかし、水上駅のホームに、ちょうど、新潟行の鈍行列車がとまっていたので、それにとびのった。ぼくは、バスでも列車でも、そこにいると、すぐ、とびのってしまい、あとで後悔する。それに、越後湯沢からのかえりに、三国峠をこえるバスにのればいい、とおもったのだ。

　新潟行の鈍行列車だから、清水トンネルのなかの湯檜曽《ゆびそ》、土合《どあい》などの駅に、ちゃんととまる。トンネルのなかの地下駅というのは、地下鉄のほかは、ニホンでもめずらしいのではないか。

　土合の駅でおりて、長い階段をのぼったことがあるという女がいた。この女とは、パリの地下鉄のモンマルトルの駅でおりて、ゆるやかなラセン状になったコンクリートの長い長い階段を、いっしょにのぼったことがあった。この階段はあんまり長いものだから、ところどころに、一休みするコンクリートのベンチがあった。この階段をあがったところは、モンマルトルの丘だったが、土合の駅の階段をあがると、上にはなにがあるんだい、と、この旅からかえったあと、その女にきくと、「バカ！」と言われた。

それで、ぼくは、なにがバカだ、とおこると、女は、もう一度、バカ、とくりかえした。

「列車をおりて、自分で階段をあがってみれば、いちばんよくわかるんじゃないの」ま、それはそうだけど、しかし、それでもまだ、なぜ、その女に、バカ、と言われたのかは、わからない。

ともかく、ぶじに清水トンネルもぬけ、なんという川だか、そうわるくはない川を、列車の窓からながめながら、越後湯沢の駅に着き、ホームをあるいてると、自分の吐く息がしろいのに気がついた。

つめたい雨が降っている。山のなかの一軒だけの温泉で、さみしいおもいをしたから、今夜は、越後湯沢の温泉で、ぱあーっと派手にさわごうかとおもったが、駅前の通りも雨に濡れて、ひとかげもない。これでは、山のなかの温泉よりも、なまじ人家があるだけに、よけいさみしそうだ。

バカみたいだが、このまま、バスにのって、三国峠をこえ、水上にひきかえそうかとおもい、案内所できくと、そんなバスはないという。週末に三国峠までいくバスがあるが、それも平日はないそうだ。

六日町までいくバスが、いちばん本数がおおいらしいが、六日町といえば、もっとさきで、おうちがだんだん遠くなる、という気持ちがする。

それよりも、なによりも、つめたい雨が、しょぼしょぼ降って、ぼくはバスは好きだけど、バスにのる気にさえならない。

やはり、今夜、ここに泊っていくか。越後湯沢は、新潟などのいきかえり、ここをとおるたびに、ぼくもロマンチックなおもいをしていた。たしか、列車の窓からも、川端康成先生がここで執筆したという旅館が見えた。

「雪国」の駒子みたいな女性にあえるとはおもわないが、新潟県は、有名な芸者の産地で、とくに、雪ふかい、このあたりの女性が芸者にはむいてるという。

しかし、駅前のこの通りでさえ、雨にそぼ濡れて、ひとかげもまばらだ。ぼくは、未練たらしく、駅のすぐよこの、バス乗場の広場にあるいていき、バスの標識と時間表を、むだにながめた。

バス乗場の広場も雨に濡れて、だーれもいない。ぼくはバスの標識のよこに、傘をさしてたち、むこうの山をながめた。ここの山も律義に頂上まで紅葉し、その山肌を這うようにして、靄《もや》か雲が、煙でもたちのぼるように、うごいている。靄か雲は、谷あいにからみ、山腹をよこにながれ、かたちと濃さを、さまざまにかえて、山肌をなで、峰にいたずらなマフラーを巻き、また、そのマフラーがほどけて、峰のいただきがあらわれ……。

これが、もうすぐ、雪になるのか。雪になれば、このあたりにたくさんあるスキー場もにぎわうだろうが、今は、雪になる前の、雨が降りつづく、いちばんさみしいときかもしれない。いいですよ。たまには、さみしいおもいをしましょう。

湯沢からのかえりは、列車がトンネルをぬけて、しばらくいくと、はるか空のかなたの片隅が、ポスターのはしでもめくれるように、ぽっちり青くひらき、それが、だんだんひろがって、カンカラカンのお天気になったのにはおどろいた。トンネルをぬけて、雪に感慨をもよおすのはわかる気がしたが、お天気にもおどろくのは、オッチョコチョイのせいか。

湖西線のんびり旅行

湖西線にのるのは、はじめてだった。列車は西大津駅についたが、出口のドアがあかない。よこに立っていた女子高生が手をのばし、ドアをおしひらいた。

あとで気がついたのだが、車内保温のため、十一月一日より三月三十一日までは、手でドアをあけてください、という注意書がドアにはってあった。乗客がおりるドアだけがあき、車内につめたい空気がはいりこまないようにしているのだろう。

ドアをあけてくれた通学の女子高生も、セーラー服の襟のところにマフラーをおりこんでいた。京都の冬は寒い。その京都から、もっと寒い、雪のふかいところのほうにはしってるのが湖西線なのだろう。

湖西線の西大津駅に近い「紅葉パラダイス」で、かの有名なオリエント急行にのる。ヨーロッパから機関車や寝台車をはこんできたのだそうだ。機関車は、現役で、オーストリアではしっていたという。

ただし、ほんとの名前は、ヨーロッパ急行だ。車体にもそう書いてある。ヨーロッパ急行のうち、イスタンブールなどオリエントにいくのだけが、オリエント急行とよばれたのだろう。

レールの幅がひろいので、機関車も寝台車もがっしりおおきい。遠距離をはしるためか、機関車のうしろに、運転士の休憩室がついていた。

寝台車の各コンパートメントは、じつにこまごまと合理的にできている。ヨーロッパ人の合理好きのサンプルを見るようだ。ニホンで、わたしは合理主義者だ、と言うひとは、たいてい、しっちゃかめっちゃかのいわば奇人がおおい。ニホンみたいなところで合理主義というのが、そもそも非合理なのだろう。

列車のコンパートメントだから、やはり空間《スペース》はせまい。そのかぎられた空間《スペース》のなかで、ベッド、洗面台、お酒の壜をおくところ、洗面台の下に扉があるのは、おまるの中身を、そこにおとすのだが、そうすると、同時に、洗面台の水がジャーッとながれるといったぐあいだ。

ヨーロッパでは合理性が生活になっているのを、目のあたりに見るようだけど、なにか、コドモの律義さみたいなものを感じる。トイレにいきたくなって、寝台車のはしについてるトイレにはいったが、これが、また、ヨーロッパにさわるようだった。ドアの内側の掛金のすこし摩滅した、しろい、にぶいひかりかたなど、なんでもないことだが、ぼくたちの周囲にはないものだ。

「オリエント急行」は列車ホテルになっていて、琵琶湖の湖畔にある。ここは、琵琶湖のいちばん南のほうで、琵琶湖のむこうにのぼってくる朝の太陽がなんとも言えず、すばらしい、とヨーロッパ急行の車掌さんの赤い制服、赤い制帽の列車ホテルのひとが言った。

カメラの柿沼さんが運転するレンタカーで、坂本までのせてもらう。ここは、ふしぎなところだった。「ガンバレ比叡山高校・祝・春の選抜出場」という横幕が校門にはってある高校が、道の上のほうにあったが、この学校の石垣からして、いかにも古めかしく、歴史たっぷりという感じなのだ。こんな粗いつみあげかたの古い石垣があちこちにあり、全国三千余の山王社の総本宮だという日吉大社や、天台宗の宗祖伝教大師最澄がここで生まれたという西教寺も坂本の町にあり、また比叡山への登り口、ケーブルもあるようなのに、観光客みたいなのは、一人も目につかない。

春の選抜野球の出場校になった比叡山高校の男のコや女のコが、日吉大社の参道の広い坂道を、ぶらぶら、カバンをもってあるいてるぐらいだ。そして、古い石垣のそばのちいさな溝にも、春の雪どけの水なのか、清冽な水がせまい溝のなかをひしめきあってながれていた。

坂本からバスで雄琴《おごと》温泉へ。雄琴は、ソープランドでは、日本でいちばん有名なところだろう。もとは、関西のソープランドは神戸の福原の浮世風呂をのぞき、健全ソープだった。そちらのほうは、べつにちゃんと処理するものがあったからだ。しかし、いったん、関西でも本番ソープをはじめたら、たちまち日本一になった。関西にはかなわない。ソープランドがあるのは、雄琴の町から南のはずれ、琵琶湖のほとりで、前は、湖畔のさみしいところだったのだろう。

そこに、ずらりとソープ街ができている。高級和風鎌倉御殿、東京吉原アヅマ支店ソープ吾妻、大阪城と二条城がいっぺんに見える。インターナショナル・ソープ迎賓館、ソープ英国屋（洋服屋さんもソープに進出しているのか?）、ソープ千姫。雄琴にくるバスの窓から、電話御予約うけたまわります、というソープランドの立看板が見えたが……。

雄琴温泉シャンゼリゼという通りにはいったら、若い男がビニールでかこった小屋からとびだしてきて、旦那、いいコがいますよ、とさそった。ビニール小屋は、昔の軍隊の衛兵詰所みたいだ。いま、おもいだしたが、比叡おろしの風と、琵琶湖をわたってくる風が、湖畔で渦をまき、客引きのニイちゃんも寒いんだよなあ。

雄琴はちいさな湾になっていて、湾の反対側のほうにいく。湖の小魚をおいこむえりがさみしげに湖畔の水中にたっている。湾の外にまわると、夕暮の光をうしなった波が、くろずんだひだになって、あとからあとからおしよせ、波打際にはえた背の高い枯草のなかで、とつぜん、けたたましい水鳥の羽音がして、奇怪な鳥の声がする。ひとかげなどはぜんぜんない。

気持ちまで冷えきったようになって、国華荘ホテルにかえり、大浴場のお湯につかり、さ、夕食だ。

まず、口とりとして、八寸、イサザ、むかご（これはタネだそうだ）、菜の花、季節物の田螺《たにし》。田螺にも季節があるとは……、春がきて、水ぬるむといったことにも、関係があるのだろうか。

琵琶湖でとれたアマゴ、サヨリ。サヨリを食べると、三年前の古傷をほりおこすと、女中さんのテルさんが説明する。サヨリはほっそり、すずやかな姿のようでいて、それほど、なにかを疼《うず》かせるような精気があるのだろう。

赤いナタマメの花、蛇腹キュウリ、若筍《わかたけ》と若布《わかめ》の酢の物にアワビ、生ウニ。炊き合せは、子持鮒、初物の新フキ、新タケノコ。

そのほか、天ぷらは、甘鯛のから揚、海苔を巻いたイカ、トロロ、ネギ、三つ葉、しいたけ、しめじ。マスの泡踊りというのもあった。泡踊りは、ソープランドだけかとおもったら、マスの泡踊りもあるのか。鮎の甘露煮、アイナメの山椒焼、マスの白頭焼。

さいしょの口とりのなかには、ちいさな米つぶを色どりにのっけたながれこ（たぶん常《とこ》節《ぶし》）や琵琶湖名物の鮒寿司もあった。鮒寿司は、これほどおいしいものはない、とほめるひともある。

さっきも言ったように、女中のテルさんやケイさんが、いろいろ説明してくれたのだが、今どき、食事のとき、女中さんがそばにいてくれたというのが、たいへんな好意だ。

翌朝、大浴場の湯にはいってから、ぶらぶらあるいて、雄琴の墓地にいった。なぜ、墓地にいく気になったのかは、自分でもわからない。墓地は山の中腹に段々になっていて、湖のむこうの朝陽が、あかるく、まぶしくさしている。藤本さん、伊藤さん、小谷さんの墓がおおい。名前のない、石だけのような墓もある。

朝食は、しめじのはいった赤だしに山蕗、目玉焼、そして、湯豆腐。朝食に湯豆腐というのは、冬の北陸の温泉場では、ちょいちょいある。考えてみれば、ここは、北陸への入口のコースになるわけだ。ただ、朝食の湯豆腐は、朝っぱらから一杯やりたくなるのでこまる。

バッグを肩にぶらさげ、雄琴の人たちが住んでる家なみのあいだをいく。道のはしの溝に、きれいな水がたっぷりながれている。湖西線の雄琴の駅は、人家からかなりはなれて、ぽつんと高いところにあった。いかにも新しい鉄道線の新しい駅のようで、コンクリートがしろじろとしている。

雄琴駅から琵琶湖にそって北のほうにすすむつもりだったが、駅にむかって、まわりにはなにもない道をあるいてるときに、目の前で、しずかに電車が雄琴駅のホームにとまり、そして、しずかにでていってしまった。つぎの電車は一時間後にしかない。しかし、京都のほうにひきかえす電車が十分ぐらいあとにやってきたので、ぼくはそれにのった。唐崎でおりる、唐崎になにかアテがあったわけではない。

唐崎の駅の前から、うす茶のわりと大きなむく犬がついてきた。はじめは、すこしうしろのほうからついてきたが、そのうち、ぼくの前になったり、うしろになったりしてあるいている。かと言って、ぼくにからだをなすりつけるといったふうでもない。

クルマの混んだ国道をよこぎるときは、犬がうろうろして、だいぶ心配した。湖畔の唐崎神社にいく。砂地で、名物の松があって、がらんとあかるく、ベレー帽をかぶったおとうさんが、ちいさなスケッチ・ブックに名物の老松をスケッチしており、それを、大きな息子が写真にとっている。

「きょうは、きのうよりもあったかですね」

ぼくは、カメラをもった息子にはなしかけた。

「ええ、あったかです。でも、ほら、春霞で湖のむこうがぼやけて見えない」

大きな息子は湖のほうにむけて、カメラをかまえたが、シャッターはきらなかった。

犬も湖をながめ、ぼくが神社をでると、また、当然のことのようについてきた。こんどは信号があるところにいき、信号が青になると、「はやく、はやく」と犬をうながして、国道をわたった。

うらうらとした春の陽ざしのなかを、犬といっしょに、駅まであるいたが、駅の階段をあがって、ふりかえると、犬の姿はなかった。そこに、電車がきて、ドアがしまったあと、ホームを見ると、大きな図体のむく犬が、きょろきょろ、ぼくをさがしていた。

湖西線の電車にのり、琵琶湖をトコトコと北に、近江高島、安曇川《あどがわ》。安曇川の駅のまわりの、もう、なんとのんびりしてること。

安曇川の河口から遠くない旅館清水楼にいく。橋の上流のほうに、稚鮎をとるやながあった。川の中に舟をうかべて、四手網《よつであみ》でも稚鮎をとっている。この鮎は川をのぼってくるのぼり鮎で、日本中でもごくかぎられたところにしかないそうだ。これをとって、生きたまま各地におくり、放流するらしい。稚鮎とりは、ほんとにいまはじまったばかりらしい。

河口にむかってあるいていると、川の中洲にトンビが四、五羽いた。空にもピーヒョロロと舞っている。

とつぜん、川辺の枯草のあいだから、目にもあざやかなものがはしりだしてきて、びっくりした。大きなキジだ。前に、こんなキジを見たのは、いつだろう？　はじめてかもしれない。

河口近くまでいって、左にまがると、かなり長い砂浜があった。近江白浜水泳場というのかもしれない。

砂浜に腰をおろし、ぽちゃっ、ぽちゃっと波打際をあらうおだやかな波の音をきいている。春霞がたちこめた湖のむこうに、まだはんぶんは雪をかぶっている山が、ぼんやり見える。

水鳥がおよぎ、ときたま、舳先《へさき》だけちょいとしゃくりあげたほそ長い舟が湖面をすべっていく。

清水楼での夕食は、酢味噌でたべる鯉の洗い、琵琶湖でとれたモロコの焼いたの、これも琵琶湖のマスの子。マスは、安曇川にもあがってくるそうだ。

今年になって、漁がはじまったばかりで、きょう、琵琶湖で小糸網でとったという五、六センチの稚鮎の天ぷら、こいつはうまい。おなじ稚鮎の田楽に、ウナギの蒲焼。そして、白味噌の鯉こく。

しばらくして、煮ごろ鮒というのがはこばれてきた。そんなに大きな鮒ではない。十六、七センチぐらいのものだろうか、これがお腹いっぱいに子をもっている。

琵琶湖名物の鮒寿司にする鮒がこれなのだそうで、これを胴（輪）切りにしたのが鮒寿司だから、鮒寿司のまんなかには子があるでしょう、と清水楼の御主人が説明してくれる。

ともかく、それが丸ごと煮てあるわけで、鮒のからだの色や模様はあざやかすぎて、老眼鏡をかけていたら、色や模様がせまりすぎて、こわいくらいだ。

翌日の朝食には、イサザの佃煮がでた。それに、琵琶湖のシジミの味噌汁。シジミの実がかなり大きく、めんどくさくなく、食べられる。海のシジミより、山中湖などもそうだが、湖のシジミのほうが大きいようだ。

朝食後、橋のたもとの村社若宮神社前から安曇川駅行のバスにのる。このあたりは、やたらに神社がおおいが、なにかわけがあるのだろうか。ここも、橋をはさんで、ごく近いところに、四つも神社がある。

バスガールがいるのも、近頃ではめずらしいが、このバスガールが、バス停をとおりすぎるとき、「コウシャナシ」と言う。だいぶたって、降車《こうしゃ》なし、と言ってるのではないか、と気がついた。

安曇川の町も神社がおおく、ここの出身の近江聖人中江藤樹先生をまつった神社もあった。

湖西線で安曇川から近江今津へ、そして近江塩津にでて、北陸線にのりかえ米原と、琵琶湖の北側をぐるっとまわる予定だったが、スケジュールを無視して、ぶらぶらきてしまったので、やたらに時間がかかる。

めんどくさいので、「旅」の編集部には叱られるなとおもいながら、近江今津からバスで福井県の敦賀《つるが》にいってしまった。敦賀駅前から、またバスで、気比《けひ》の松原へ。おかげで、日本海も見れました。この気比の松原は、聖武天皇の御代の天平二十年、一夜のうちにできたので、別名を一夜の松原という、と碑にかいてあった。一夜でビルはできるかもしれないが、一夜で、こんな松原ができるなんて、昔も大ウソツキがいたんだなあ。

敦賀から北陸線の米原行にのる。近江塩津の駅のあたりは、まだ雪で埋まっていた。人家のよこに、ぼってり雪がつもっていて、それを、ぼくもあたりまえのことみたいに、ながめている。

近江今津の駅でおりた乗客のはんぶんぐらいは、スキーをかついだ若い人たちだった。敦賀にいくバスはマキノ町もとおったが、この箱館山スキー場、マキノスキー場なんかは有名らしい。はるか、琵琶湖になびく春霞を見ながら、スキーをやるなんて粋なことだろう。

琵琶湖のいちばん北のはしから、またちょっと奥にはいった余呉湖《よごのうみ》は、そんなに大きな湖ではないみたいだが、和製ネッシーでも棲んでいそうな感じ。

長浜までくると、また、ひろびろと琵琶湖が見えた。湖上はうらうらとした春霞で、昨日、ぼくがとおってきた琵琶湖の対岸の湖西線のあたりは、かすんで見えない。

しかし、ほんとにのんびりした旅だったなあ。もともと、ぼくはのんびりしたほうで、旅行するときも、のんびりふらふらあるいてるが、こんなにのんびりしたことはめずらしい。

　湖西線がまだ新しく、あまり、ひとに知られてないこともあり、たとえば、坂本などもそんなに観光化されてないというけど、シーズンにもよるのだろう。安曇川の清水楼なども、夏は、水泳客でごったかえすようなのかもしれない。人がうろちょろしてないから、あのつやつやした濃青の大きなキジにも、安曇川の河口ちかくでぶつかったのだ。じつは、ぼくはたいへんに運がよかったらしく、ぼくがくる前日までは、きびしい寒さだったという。ひどく寒ければ、いくら風物はのんびりしていても、のんびりはできない。雄琴のソープランドのニイちゃんたちも、寒くてぶるぶるふるえていたことだろう。長浜、田村、米原……途中、日本海までつきぬけて、敦賀なんかにいき、より道してしまったが、琵琶湖をぐるっとまわったことになる。

　湖西線ははじめてだったし、唐崎ではむく犬にもあったし、のんびり、おもしろい旅だった。もっとも、ふらふらあるきすぎて、足首がいたい。

有馬温泉のイチョウ

十日ほど前、鳥取のお城跡にいった。町なかの小高いところだ。その登り口の左手にイチョウの大木があった。幹はごつごつで、なんだか不細工だが、葉はみごとだった。城跡の古い石段をのぼりかけて、ぼくはため息をつき、イチョウの葉を見あげていた。イチョウの葉にしかない、あざやかなきいろ。そして、これまたイチョウの葉にしかないさえざえとした青さ。

イチョウの葉の青さときいろさが、いりまじるのでもなく、木のかたっぽうは青くてというふうでもなく、そのままあざやかにきいろで、しかも青々としている。ともかく、ぼくにはそう見えた。

「まるで弁証法だな」ぼくは、ひとにはきかれないようにつぶやいた。あったかい日だった。

こんなイチョウの葉を見たおぼえがあった。有馬温泉の坂の途中にたっていたイチョウだ。たしか、道の上のほうにちいさな空地があって、そこにたっていた。

きいろいイチョウの葉も、青いイチョウの葉もきれいだが、そんなにドキッとはしない。

青くてきいろくて、それがまじりあわず、しかもいっしょになって、青さはきいろさを、きいろさは青さをきわだたせている。

「有馬温泉にいこうよ」とマリが言った。三日ほど前のことだ。マリは神戸の女のコで、ぼくとマリは、いつもバスにのってあそんでる。

有馬温泉で、あのハッとするようなイチョウの木を見たときも、マリといっしょだった。あのときは、新開地から電車で有馬温泉にいった。

こんどは三宮《さんのみや》から有馬温泉行のバスにのった。このバスは長い新神戸トンネルをとおる。マリとぼくは、右手に池之坊満月城なんてホテルを見て、有馬温泉の坂をあがっていった。あのイチョウの木をさがしたのだ。

坂がわりと急になったところで、ぼくは言った。「あれだ。あれだよ」

「あれなの？」マリは不服そうな声をだした。あのイチョウだとおもわれる木はあったが、もう葉がおちていたのだ。

坂道の左上で、ちいさな空地みたいなのをはさんで、イチョウの木が二本たっていた。だが、裸の枝で、ほとんど葉はない。そのかわり、空地にいっぱいイチョウの葉がおちていた。きいろい落葉のあいだに、青っぽいような落葉もあったけど、さすがに落葉は黄即青、青即黄みたいには見えなかった。

有馬温泉の坂をくだるときはうすら寒く、こまかなものも降ってきた。かえりはおなじバスではつまらないので、芦屋《あしや》行のバスにのった。六甲の山なみをとおっていくバスで、ひろいものをした気になった。

バスが六甲をくだるころには暮れてきて、窓の外がくらくなったが、夜景が見えて、マリが、「あ！」と声をのんだ。どのあたりの夜景かわからないのも、おもしろかった。

記憶の底の港町

ぼくは広島県の呉でそだった。昔の軍港の町だ。だから、中国山脈をこせば、山陰なのだが、これがはるかに遠い国だった。

四国は瀬戸内海をへだてているけど、島づたいにひんぱんにポンポン船もでていて、すぐおとなりの思いだ。

しかし、山陰は陸つづきだが、広島県のほうからいく鉄道もなく、遠い国だった。事実、大阪や九州などのほうが近く、ある意味では、東京のほうが、山陰より近かった。

はじめて、ぼくが山陰にいったのは、戦後の昭和二十三年だった。オーストラリア軍の大佐とジープにのり、呉から広島、可部《かべ》をとおり、中国山脈をこえた。

初夏のよく晴れた日だったが、中国山脈ののぼりの山道にさしかかったころ、ジープは雨のなかにつっこんだ。かなりはげしい雨だったが、雨よりもジープのほうがスピードがはやく、雨をつきぬけ、中国山脈のくだりの山道をいくころには、また、きれいな青空になった。

そして、目的地につき、ジャガイモをたべてると、雨がおいついてきた。そこは、オーストラリア軍のジャガイモの農園だったのだ。

このジープの旅はきみょうな旅で、また悲劇的な旅でもあった。しかし、そのことは省く。

それから、何度か山陰にいったが、松江の宍道湖《しんじこ》大橋の上にたち、宍道湖のほうをながめたときの光景が、いまでも目にうかぶ。

陽が宍道湖のむこうにしずんだばかりで、湖のさざなみにもあかるさがのこり、空には真綿ひもを、うすくひきのばしたような雲がいく重にもかさなっている。

まさに、八雲立つというこの出雲の国の枕言葉にふさわしい雲のたたずまいだった。それが、おちた陽の残照であかね色にそまっている。八雲立つ出雲八重垣つまごみに……。

米子から境線にのって、弓なりの半島のさきの境港にいったが、ぼくは、さがしてる港はここではないか、とおもった。

ぼくはテキヤの子分で旅をしていたときにいったある港をさがしている。裏日本にある港なのだが、いまだに、その港がわからない。

ぼくは港町が好きで、あちこちの港町にいったが、どこも、その港ではないみたいなのだ。

それが、この境港、というより対岸の五本松にきて、うーん、とうなった。しかし、ここは、はじめてきたところだった。

はじめてきたところが、ぼくの思い出の地というのは、小説ならばとおるかもしれないが、現実にはちょっとこまる。こまるけど、ぼくには、どうしても、その港のようにおもえてしかたがなかった。

五本松から松江のほうにいくときは、中海にそって、クルマがはしった。中海のなかに、ひらったい、みどりの畑がうつくしい島があり、大根《だいこん》島という島で、朝鮮ニンジンの名産地であり、また某歌手の生まれたところだとおそわった。

大根島でニンジンというのは、おかしいみたいだけど、朝鮮ニンジンというのは、どう見ても、においをかいでも、味をみても、あれはニンジンなんかではなく、ひねこびた大根だもんな。

森につづく畑や野っ原のあいだに、とつじょ、巨大な老木が両側にならんでいる土の道があり、なんでも、大昔のなんとか道だそうで、このあたりで大昔というと、江戸時代とか室町時代とかってことでなく、神代のことになっちまう。

おそらく、この巨大な老木の並木は、そのころからたっているのだろう。こんな並木は、ニホン以外のところでも見たことはない。

境港であんこうを見ておどろいた。あんこう鍋にするあんこうは、表日本では、箱根より西にはいないといわれている魚なのだ。しかし、このあたりでは、そうめずらしくないという。山陰もおかしなところだ。

瀬戸内美味放浪

「いま、タコをあげています」と言う。あがってきたタコは、この店の若主人の手にぶらさがり、タコ踊りをしている。いくらタコでも死んでちゃ、タコ踊りはできない。つまり生きて大暴れしているのだ。

きりはなされて一本になったタコの足も生きている。そのタコの足を吸盤を下にして料理台におく。吸盤が料理台にぴたっと吸いつき、手ぎわよく皮をはぐ。タコの足がくねくねうごいていては料理はできない。たった一本の足になっても、吸盤で吸いつくというタコの習性のおかげで、包丁さばきがよくなる。

吸盤と皮をむきとったタコの足は、ほんとにまっ白だった。これもまだ生きていて、かたくなったり反ったりする。

茹でてない生きたタコの刺身はめずらしい。こりこり身がひきしまっており、それでいて、やわらかく噛みきれる。タコの刺身のほかに、タコの白子と吸盤の酢の物。十四、五時間は炊いた（煮た）というタコの旨煮《うまに》。上はタマゴ焼で下はタコの真子（卵）のマコシンジョウ。タコの鰓《えら》のお吸物。これにはほそくきったクジラの軟骨もはいっている。それにタコ御飯。

岡山県下津井の保乃家《やすのや》のタコ料理のフルコースだ。下津井は瀬戸内海の古くからの港町。まず岡山駅前からバスにのった。市街地のなかに稲田がある。そのよこの道を幼稚園の園児が手をつないで（どうして、幼稚園の園児は手をつなぐんだろう）あるいている。自転車で幼稚園に子供をむかえにきたおかあさんたちは、かえりは自転車をおりておしている。

相生《あいおい》橋というところで白鷺を見かけた。一羽だけ川のはじっこにたっていたのだが、姿が川面にうつっている。のどかな感じだ。スペインのつめたいスープの名前の「ガスパチョ」というレストラン。「豚太郎」はラーメンとギョーザの店。

バスがはしる道ばたに川がある。オランダでも道にそってこんな運河があった。川っぷちにちょこんと彼岸花が咲いている。さびのある赤い色。茎がまっすぐほっそりとしている。

池があり、池のむこうの丘に団地ふうの建物が段々になってたっている。池のまわりにはみどりがおおく、そのなかにまっ赤なものがぽっちり見えたとおもったら鳥居だった。

きれいだが、ふしぎな風景でもある。

バスは児島の町にはいり、バスセンターが終点だった。岡山駅前から一時間十分ぐらい。バス料金八四〇円。さて下津井にいくのはタクシーにのるのか。あたりはがらんとして、タクシーなんかも見えない。

ところが、バスセンターとは通りをへだてて、下津井電鉄の児島駅があった。これは、おもいがけないことだった。下津井電鉄なんて、まるっきりしらなかったからだ。こういう発見は、とくべつうれしい。

下津井電鉄はちいさい電車だった。レールもほそい。それが秋草がはえたなかにのびている。電車がとおるとコスモスの花がゆれる。家の壁が線路のすぐよこで、よその家の庭さきをとおっているようでもある。

それによくプーと警笛を鳴らす。終点の下津井駅のほかは無人駅で、ホームにたってる女性に、電車の運転手が声をかける。「おねえさん、上りの電車を待っとるん？」じつは、おねえさんどころか、かなりオバさんの女性だった。

鷲羽山《わしゅうざん》駅あたりで、工事中の瀬戸大橋が見えた。それまでのおだやかな風物とはまるで異質な巨大な建造物だ。海とちいさな島ぜんたいを、がしっとおさえこんだ巨人の腕のようだ。橋の上のほうができていて、下が欠けてるのもおかしい。

終点の下津井で電車をおり、漁船が舫《もや》ってる港の船着場をまわっていく。港のにおいがするちいさな港。ここからそんなに遠くない瀬戸内海でそだったぼくには、ほんとに港らしい港だ。北の国の港などは、港が大きすぎ、人肌と海のまじりあったにおいはしない。

下津井の保乃家でタコ料理のフルコースをたべたかえりは、たそがれてきた。山のあいだの高いところをはしる電車から見える海も、たそがれてぼんやりした色になっている。おだやかで、なにかおぼつかなく、さみしい気持ちでもある。

この下津井電鉄は創業明治四十四年。蒸気機関車がはしってたらしい。下津井が瀬戸内海の重要な港で、いかに栄えていたことか。

ある無人駅で、「すみません」と運転手が電車をおりていき、ホームのベンチにあがって、電灯をつけた。

「子供がいろうて（さわって）電球をけすんですわ」と運転手は言う。「ホームが子供の遊び場じゃけんね」

雑木林や海はたそがれても、空にはうすあかりが残っていて、ひとつの島ぜんたいを橋の足場にしたような瀬戸大橋の工事現場のクレーンが島の山の上から空高くつったって、そのてっぺんに航空警戒灯がついている。

「あ、サグラダ・ファミリアね」

同行者《パートナー》のマリがぽつんと言う。スペインの大建築家アントニオ・ガウディがバルセロナで建てようとした聖家族（サグラダ・ファミリア）教会の塔のことだろう。ガウディは一九二六年に死んだが、いまだに、この教会の建築はつづいていて、外壁しかできてないみたいに見える。

この教会の塔は、ぼくには、化物のヤモリが、ほそく長い腕を空に吸いこまれるみたいにのばしてるように見えた。ガウディのほかの建造物もそうだが、幾何学模様のような人工さはなく、自然といっしょのようでいて、なにか奇怪だ。島の山の上ににょきにょきつったった瀬戸大橋工事現場のクレーンも、たそがれの空あかりの中にうかんでるためとくにそうなのか、たんなる機械には見えず、かといって、まわりの海や樹々といっしょの自然でもなく、奇怪さがある。巨大な奇怪さというのは、みょうなものだ。

児島から下津井までの電車料金は二四〇円。単線で、しかしはしってる電車はたぶん一台きりだから、衝突の心配はない。小島（児島）からも下津井からも四国の丸亀行のフェリーがでてるようだ。

岡山にもチンチン電車があった。チンチン電車を県庁通りでおりる。料金一二〇円。この岡山や広島は電車賃バス代は安い。まえに「旅」の編集者で、いまは「タウン情報おかやま」をやっている青山融さんとちかくの「ゴムの木」にいく。この店はカウンターの上に酒のサカナが大皿や鉢にはいってずらっとならんでいる。

まず、この地方の名物に敬意を表して、ママカリの酢漬け。物ごころついたときからママカリをたべてそだった人たちには、なにものにもかえることのできない独特の味だろうが、とくにこういう甘ずっぱい味は、よそ者にはなじみにくい。微妙な味なのだ。オカラがあるのがうれしい。小エビのから揚、春雨五目酢、白魚の玉子とじ。マリはどこでも茶碗蒸しをたべる。つい最近もどこかで茶碗蒸しを……と考えたら、マドリッドとアムステルダムだった。

　小アジのから揚よりも、ちょっとちいさいフグのから揚。こんなちいさなフグがあるとは知らなかった。淡泊な味。

「ゴムの木」のご主人に松茸の土瓶蒸しをごちそうになった。岡山は松茸も有名なのだ。ついでだがマッタケとよぶ。松茸の土瓶蒸しには、松茸のほかブリの切身、銀杏、百合根、小エビ、焼穴子、カマボコなどもはいっていた。これにちいさな青いミカン（スダチかな）の汁をしたたらせ、おいしい。

　青山さんの友人夫婦もいて、さかんにビールをのみ、ぼくは酎ハイにきりかえた。そしてアサリの味噌汁。値段はびっくりするほど安かった。

　翌日、岡山駅で桃太郎の「祭ずし」を買った。八〇〇円。もっと安いのも、うんと高い「祭ずし」もある。これも岡山の名物なのだ。

　川上からどんぶりことながれてきた桃のかたちの弁当箱、まんなかにまるくなったエビ。ママカリ、シイタケ、貝のしぐれ煮、鯛、サバ、穴子。よく見ると、ちいさな青い実をいっぱいつけた房はなんだろう。ミニミニ・エビのアミがあって、タマゴがちらしてある。

つまりはちらし寿司だ。女性はちらし寿司が好き。でもノンベエがちらし寿司をたべてる姿というのは、どうもカッコにならない。ゆっくり「祭ずし」をたべてたら、新幹線で福山についた。ホームのすぐむこうに福山城がある。こんなに駅のホームにちかいお城は、ここぐらいではないか。すっきりきれいなお城で、近代的だ。ごてごてのお城がおおいなかで、このお城はしょうしゃで気持ちがいい。

広島では駅前から広電（広島電鉄）の宮島行の電車にのった。わりとすぐに川があり、橋をわたると船場町。川幅もひろく、水もたっぷりで、その水もきたなくない。広島の町なかを電車でいくと、そんな川が三つか四つあった。

ぼくが子供のころから、広島は川の町と言われていた。広島から海ぎわをはしるディーゼルカーで東に四十分ほどの、もとの軍港町呉で、ぼくはそだった。そのころは、ディーゼルカーではなく、ガソリンカーと言った。それも戦争がひどくなり、ガソリンカーは消えた。

さて、広島の川のたっぷりした水量だが、海の水ではないか、と気がついた。潮が満ちてるのだろう。電車の窓から河口が見えるところもあった。河口のむこうは海だ。

広島の町の中心の八丁堀、紙屋町。原爆ドームが見える。戦争がおわり一年たってここにきたときは、すぐそばの橋には欄干がなく、しかも波をうつように、橋の表面がでこぼこだった。だがフンドシひとつの男の子たちが、その橋から（欄干がないので）つぎつぎに川にとびこんで、はしゃいでいた。原爆に生きのこった男の子たちだろうか。そのなかには、あとで原爆症で死んだ男の子もいたかもしれない。

また川をわたって己斐《こい》までの電車代は市内一二〇円。これから宮島まではもう一二〇円、合計二四〇円。五日市のてまえに川。この川も水がたっぷり。満ちてきた潮が川をふくらますように、ひたひたと水面をおしあげているのだろう。廿日市町、たじり遊園地、宮島。船で厳島にわたる。海のなかにたってる厳島神社の赤い鳥居がだんだん大きくなる。厳島はけわしくつらなった山の峰がかさなり、船がすすむにつれて、山々のみどりが頭上にのしかかってくるようだ。

島の船着場の売店でマリとぼくはアイスクリームを買った。東京ではアイスクリームなんてたべたことがない。「バスはありますか？」マリは売店の女性にたずねた。マリとぼくはどこにいってもバスにのっている。まるでバス病だ。「バスはありませんねえ。タクシーならありますけど」売店の女性はこたえた。

ところが、その売店のすぐ裏から、包ヶ浦行きというちいさなバスがでていた。ふしぎなはなしだが、下津井電鉄とおんなじで、こういうおもいがけない発見はうれしい。

バスは海べをはしり、小学校がある坂をのぼり、ひんやりした樹々のかげのなかをいく。山のなかのなんにもないところに赤信号があってバスはとまった。前方のトンネルが交互の一方通行だった。

海にむかってバスがくだっていく。終点の包ヶ浦は、瀬戸内海らしい花崗岩質の白い砂浜だった。陽の光が砂浜でバウンドしている。海もおだやかで、あかるい。ぼくもマリも海にむかって砂浜にすわり、ぽかんと口をあけていた。

海ばたの道でなにかうごいており、鹿だった。子供の鹿らしい。マリが子鹿の背中をなでてやる。母親らしい鹿が、道のむこうでじっとこちらを見ている。

バスでひきかえし、水族館のほうに急な坂をあがり、町のほうにおりていく。途中の路地を一匹の鹿があるいていた。角の雑貨屋のオバさんが言う。「鹿はニンゲンが食べるものは、なんでもたべるんよ。それに、紙も好きでねえ。店さきにおいといた集金伝票をペろっとたべられたこともありました」

町なかの「たち花」で名物の穴子丼をたべた。鰻丼《うなどん》ふうのつくりだ。アサリの味噌汁がアサリがいっぱいはいっておいしかった。カキの殻焼も名物にしたいとか。宮島にきたのに厳島神社にはいかなかった。

広島の町をながれる元安川にうかぶかき船「かなわ」でカキをたべた。氷の上にのっかったオイスター・レモン。茄子と獅子唐もあるカキの天ぷら。カキ酢、大きな殻のカキの殻焼。かき船という料理はコンブをぐるっとまいて、それを船に見立て、なかにカキや豆腐などがはいっている。カキの土手焼。カキの玉子とじ。カキの塩からははじめてだった。カキをまるごとすりぶつしてつくるのだそうだ。草色がかってるのがふしぎだが、しょっぱくておいしい。それにカキ雑炊。広島菜の漬物。かき船の座敷の窓から、くれていく川面をながめている。

広島は流川《ながれかわ》あたりがバーや飲屋がおおいが、広島駅のすぐそばの駅西の路地で飲んだ。青森でもどこでも、もとは駅のそばの飲屋街は雑多なにぎやかさがあったが、いまはみんなさびれて、たいていは飲屋街がなくなっている。

この広島の駅西も、もととくらべるとさみしいが、そんなのも、ぼくはきらいではない。路地の両側にならんだ飲屋もはんぶんぐらいは店をしめてるけど、そんな路地三本ばかりをいったりきたり、「石松」という店にはいる。

ここは熊本産の馬肉の馬刺しなんかもある。凍らせた馬のフィレを、主人がうすくきって刺身にしている。肉が凍ってないと、こううまくはきれない。

マリが海鼠《なまこ》を注文する。初なまこと書いてある。初カツオというのは知ってるが、初なまこははじめてきいた。カキとおなじで、海鼠も寒いときがシーズンなのだ。

ほうれん草のおひたし、湯豆腐。小イワシの天ぷらもたべた。広島のイワシはほんとにちいさくて、ふつうの小イワシのはんぶんぐらいの大きさだ。この小イワシの刺身や煮物を、それこそ流川の高級料理屋でたべたことがあるが、この小イワシの天ぷらは、またべつな味でおいしい。皿の上に小イワシの天ぷらが十五コぐらいのっていた。そんなにちいさい小イワシの天ぷらなのだ。酎ハイを飲み、またビールを飲む。勘定は二九〇〇円。

「石松」をでて駅西の路地をあるく。こういうところは一軒だけ飲んだのでは、ものたらない。どうしてもハシゴってことになる。

「貴《たか》」という店にはいる。ちいさな店だ。さっきこの店の前をとおったときは、客がいっぱいで、表のガラス戸があけたままになっていた。おまけに白黒の猫がいた、とマリは言う。

この店も、酒のサカナが台の上にならんでいる。菊菜のおひたし、ちいさなイカの煮たもの、やはり煮たレンコン。ふつうのレンコンは穴が八つだが、岩国のレンコンは穴が九つで、とくべつにおいしいときいた。岩国は近いから、レンコンは岩国からもってくるのだそうだ。わりとあっさり煮たアサリ。

店の奥に貴の篆書《てんしょ》の額がある。ほかの客はみんな国鉄関係の人だ。まえの「石松」でもそうだった。「へぇ、この店ははじめてですか。駅西の飲屋街のなかでもいちばん良心的なこの店に、はじめて、ふらっとはいってくるなんて……」国鉄のお客さんがおかしがる。ところが、ぼくは知らない土地にいっても、そういう店を見つけるのはうまいのだ。これは特異な嗅覚だろう。ただし、いい店をさがしだし気分よく酒が飲めるだけで、金もうけにはならない。

ぼくみたいにハシゴのくせのあるのか、駅西を飲んでまわって、この店にもどってきた人がいた。六十五歳だそうで、国鉄関連の会社の専務さんだとか。じつは翌日、マリからきいたことだ。とにかく、その人が、いいごきげんに酔っぱらってたのはおぼえてる。とマリに言ったら、「あなたも、たいへんごきげんだったわ」わらわれた。いいちこ焼酎のお湯割りがおいしかった。焼酎のお湯割りがからだのなかにしみていく季節にもなっている。この飲屋街のいいところは、すぐうしろにホテルがあり、それこそ這ってでもかえれることだ。

翌日、駅前から広島空港行のバスにのって八丁堀でおりた。ぼくが子供のときからある福屋デパートのよこの商店街をぬけると、ちいさな公園にでる。そのむこうに「お好み村」がある。

お好み焼と広島とは、まえはなんの縁もなかったはずだ。それがとつぜん、広島のお好み焼が有名になり、「お好み村」がガイドブックにものるようになった。ふしぎなこともあるものだ、とぼくはおもっていた。

そのわけが、この日、「お好み村」のなかの「ちいちゃん」という店にいってわかった。「お好み村」の村長の古田正三郎さんとはなしていて、「ほら、ずっとまえに一銭洋食というのがあって……」と言われ「ああ、あの一銭洋食が……」と顔がほころびナゾがとけた。

ぼくが子供のころは一銭洋食をよくたべた。ぼくは甘いものがきらいで、一銭洋食が好きだった。ぼくたちのころは、もう五厘玉はなく、一銭が最小貨幣だったが、子供の小遣いは一銭、二銭がふつうだった。

それも一日の小遣いはいくら、ときまってるわけではなく、なにかほしくなると、「一銭ちょうだい」母親にせがんだ。その一銭玉をもって、一銭洋食をたべにいくのだ。たった一銭で洋食とは大げさだが、この名前はおかしく、おもしろい。

駄菓子屋の店さきに鉄板があり、たいていオバさんが一銭洋食を焼く。まず、玉杓子でメリケン粉（小麦粉）をといたものをちょっぴり鉄板の上にたらし、玉杓子の底でそれをまるい円にする。それとおなじことを、この「お好み村」ではやっている。

ふつうのお好み焼では、材料をみんなボールにいれ、玉子もいっしょにかきまぜて鉄板の上にぼとっとおとす。

ところが「お好み村」では一銭洋食とおなじやりかたで、鉄板に小麦粉のまるい円をえがき、キャベツともやしをかなりたくさんのっけて、それに天かす（揚げ玉）ときざんだネギをおき、豚肉をのせ、塩こしょうをふりかけて、そのあたりで、また小麦粉のとかしたのを、ちょぼちょぼと塗る。

この「お好み村」では、それに鉄板ですこし焼いた中華ソバをいれる人がおおく、またスクランブル・エッグをべつにつくって、のっける。生カキ、生イカ、モチなどもいれる人もいる。

一銭洋食は鉄板の小麦粉の円の上に、糸コンブ、天かす、ネギ、粉カツオ、それにちょっぴりデンプで赤みをつけ、それにまた小麦粉のとかしたのをたらしたていどだったが、広島のお好み焼は「一銭洋食が原点ですよ」と古田村長さんはおっしゃる。

　戦争で姿をけした一銭洋食は、戦後の昭和二十五年ごろ復活し、でも、ただ量の大きさを競うだけだったが、昭和三十二年ごろから、つくりかたと味で勝負するようになったとか。そして、一銭洋食は子供の食べ物だったのが、オトナの食べ物になった。

広島名物のお好み焼が、あの一銭洋食のデラックス・ジャンボ版というのはおもしろい。またひとつ広島でたべるところがふえた。この店には「お好み村ビール」や独特な味の「お好み村ソース」もある。値段は二人で一二〇〇円だった。

尾道と唐津

　ぼくは海が好き、港が好きだ。だから、あちこちの港にいく。外国でも、たいてい港町にいる。北海道の根室港や花咲港から、北洋のサケ・マス船団がいっせいに船出していくのも見たことがある。

　ところが、そんな北国の港などを見ていてなにかものたらなかった。だいぶたって気がついたのだが、こういう港は漁船はいっぱい舫っていても、ニンゲンがのる船がないのだ。

　ぼくは瀬戸内海の軍港町呉でそだった。江田島など近くの島にいくのには、かならずポンポン船にのる。音戸《おんど》の瀬戸もポンポン船でこして、音戸にいった。ポンポン船は海のバスみたいなものだった。

尾道も瀬戸内海で呉から近い。国鉄の尾道駅をおり、ほんのすこしあるくと、船着場がある。ここには桟橋がずらっとならんでいて、見てるあいだに、どんどん船が出入りしている。

ドーナツみたいな、ほの青い煙の輪をポンポンはきだすポンポン船はなくなったが、クルマはのせないニンゲンだけの、わりと小型なフェリーが、しょっちゅう出たりはいったり、それこそ、いそがしいバスのターミナルみたいで、海の上が船のバスの広い道路になっている。

尾道がでてくる映画だと、まず小津安二郎監督の「東京物語」（一九五三年）をおもいだす。小津監督の名作のなかでも、この映画はとくべつの名作で、ぼくの大好きな映画だ。笠智衆と東山千栄子の老夫婦が二人きりですむ尾道の家は、はるか下のほうに海も見える。そして、この老夫婦が東京にいくと、戦死した次男の嫁で、ずっと未亡人の原節子が、ほんとにやさしく老夫婦の世話をする。もうこんな映画はできない。だいいち戦死した息子の嫁で、まだ若い未亡人なんてものは、この世にはいない。

新しい映画では、つぎつぎに話題作をだしている大林宣彦監督が尾道の出身だそうで、尾道を舞台にした三部作「時をかける少女」（原田知世主演）、「転校生」（尾美としのりは三作に出演）、「さびしんぼう」（富田靖子主演）はたんに舞台を尾道にかりたというのではなく、尾道の坂道、石段、建物が、わざとらしくなく、それでいていきいきと存在し、尾道と映画とがしっとりいっしょになっている。

とくに「転校生」はおもしろかった。近ごろの映画で、いちばんおもしろかったほうだろう。ストーリイは言わない。ストーリイがかんじんでおもしろいからだ。もっとも、映画のいちばんさいしょのところでミスをしている。尾道の坂の上の高校の女の子と男の子のあいだに、じつに意外なことがおこる。

昭和十七年に見た「海猫の港」という映画も忘れられない。ベストテンのなかにはいるような映画ではなかったが、人肌のにおいのようなものがあった。

場所は九州の唐津港で、ぼくは旧制の福岡高校にはいった年で、唐津は身近な気でいた。唐津にいた叔父をたずねて台風にあい、東唐津駅にいく長い橋が通行止めで、城内の旅館にとじこもっていたこともある。

「海猫の港」は戦後巨匠のうちにいれられた千葉泰樹監督で、主演は杉狂児。アチャラカの杉狂児にしては、ペーソスのある演技だった。この映画のなかで、部厚いガラスのコップの下に受け皿をおき、焼酎をなみなみと受け皿にこぼしてつぐシーンがあった。そしてそのコップに杉狂児が口のほうをもっていって、焼酎を飲む。まだ十七歳のぼくは、そんなシーンははじめてで、よっぽど気にいったらしく、戦後、オデン屋でもどこでも、焼酎はこんなふうにして飲んできた。それどころか、いまでも、しかもうちで、コップを受け皿の上において、ジンとソーダをこぼしてついでいる。この映画には田舎ふうのオニギリやごってりした料理がでてきた。たべものが、映画の娯楽のうちにはいっていたのだ。

小倉競輪祭

九州の小倉の競輪祭にいった。五日目で、この日の最後の三レースの三位までが、翌日の最終レースの競輪王の決勝レースの出場選手になる。この日は清嶋が圧勝し、井上、滝沢、中野が順当に勝った。

ぼくは実況テレビのゲストで、午前十一時から午後四時半まで、テレビ・カメラの前にいた。じつは、小倉の競輪祭には、もう十年ぐらいゲストででている。それなのに、まるっきり不勉強で、あてずっぽうにしゃべってる。レース展開なんかわかりはしないので、やはりつらい。

しかたがないので車券を買う。わかりませんが、これとこれを買いました、と言うのだ。この日は三つの連勝式を当てて、そんなにソンはしなかった。

そんなへんなゲストを、毎年よんでくれるのは、夜、みんなで飲むためだ。こんどは前日に小倉にいき、その日のゲストのマンガ家の鈴木義司さんもいっしょに、わいわい飲んだ。フグの刺身の大皿。こんな大きな大皿ははじめて見た。ごちそうがつぎからつぎにでてくる。オコゼのから揚を、両手でもってたべる。

ぼくは大分の焼酎をソーダ割りで。小倉の町のまんまんなかのお料理屋。

みんなであるいて、近くのホープにいく。ここは、なん年かまえの競輪祭で、ふらっとはいった店だ。小倉の西南女学院大学の女の子が、ぼくのために、チョコレートのプレゼントをおいていた。毎年、このホープにくるからだろう。アーケード街の入口の二階のスナックだ。雰囲気も電灯もあかるい店。

Mさんがストリップをやる。これもきびきびあかるいストリップで、曲にあわせ、きれいに脱いで、またきれいに、みんな着ちまった。若い女性の客が、涙をながしてわらってる。

カラオケもつぎからつぎに歌う。タンゴが好きな客のオジさんが、カラオケなしでもタンゴを歌う。ぼくは「梅と兵隊」。「土と兵隊」は有名だけど、この〽春まだ浅き戦線の……という歌はあまり知られていないのに、カラオケがあった。じつは、神戸の福原の「ふじ」というスナックにも、このカラオケがあって、ぼくは歌う。こんな古い歌しか歌えないってことだろう。みんなカラオケがうまい。あきれるほどで、たのしくきいている。

小倉の競輪祭にきて、福岡の那珂《なか》川《がわ》の川っぷちの天ぷらの屋台で飲んだことがある。福岡・博多には、大昔から天ぷらの屋台があった。この夜は、屋台の天ぷらのタネをみんなたべてしまった。よく飲み、よく食い、よく歌う。

小倉からのかえりは缶の酎ハイとお弁当を買ってもらい新幹線にのった。車内でビールやウイスキーの濃い水割りを飲んだりして、西明石でおりた。明石まで電車できて、駅ちかくのメートルという店で、また酎ハイを飲みなおした。ハスとカボチャの天ぷらがおいしい。

メートルなんて、なつかしい名前ではないか。さかんに飲んで酔っぱらうことを、メートルがあがる、と言ったものだが、ちかごろは耳にしない。

神戸の三宮の国冠でも飲んだ。神戸にくるたびに、この店でタコハイを飲んでいる。小エビのから揚げが、量があって、さっさとお腹《なか》にはいり、値段がやすい。アテ（酒のサカナ）がたくさんある。シラスおろしのおろし大根までがおいしい。

たびタビの旅

バスにのってふらふらと

サンフランシスコでは、いつもホテル・ビクトリアにいた。ホテル・ビクトリアは部屋代が安く、場所がいい。アメリカ最大のチャイナタウンの入口の門まで、たったの一ブロックのところの角にある。

前のブッシュ通りをこすと、下のスタックトンの通りにおりていくコンクリートの階段がある。ダシル・ハメットが有名な「マルタの鷹」のなかで、bare ugly stairs と書いてる階段だ。剝きだしな感じの、みにくい階段……。剝きだしのコンクリートの、そっけない階段ってとこだろうか。

この階段の下に三〇番のバスのバス停があり、バスはすぐトンネルにはいる。このトンネルはブッシュの通りと交差しているのだが、ブッシュの通りはトンネルの上、トンネルはその下をよこぎる。

トンネルをでると、チャイナタウンの上のほうの通り。観光客がおおい下の通りとはガラッとかわり、魚屋、肉屋がおおく、ひとでごったがえす歩道のはしに物売りもでる。

この道ばたの物売りから、日本水晶ナシというのを買った。ゴルフボールぐらいのちいさなナシだ。日本と名前はついていても、日本でこんなナシを見たことがない。

魚屋で、中国人たちが珍重する上海蟹の同類を買ったこともある。生きてる蟹を、客のぼくが、ハサミみたいなものをもっておいかける。客が蟹をえらぶのだ。魚屋では生きてるカエルも売っている。

三〇番のバスはコロンバス通りをまっすぐ、これも有名な漁師河岸《フィッシャーマンズ・ワーフ》のほうにいくのだが、途中のワシントン広場《スクエア》で、ユニオン通りをいく四一番などのバスにのりかえてもいい。この通りは、ふつうの観光客はこないが、買物好きのひとなら知っている。しゃれたちいさなお店があるところだ。

ぼくはそんな店はカンケイないが、この通りからのアルカトラズ島のながめが、とくべつ好きだ。アルカトラズはサンフランシスコ湾の監獄島。連邦刑務所があったところで、ギャングの大親分アル・カポネもこの島にはいっていた。いまは刑務所はなくなり、観光船もいっている。うちの下の娘は窓のない独房にはいり、ガチャンとドアをしめられたら、ほんとうにこわかったそうだ。

ぼくは船でアルカトラズ島の近くをとおったことは何度もあるが、高台のユニオン通りからのアルカトラズのながめのほうが、うんと好きだ。通りの海側の家々がじゃまし、ユニオン通りをいくあいだ、ずっとサンフランシスコ湾が見えてるわけではない。交差する通りにでると、そこで視界が下にひらけて海が見える。そして、海、海とぼくは胸のなかでつぶやく。

ときには、しゃれたちいさなお店をのぞいてまわっている同行者《パートナー》の女のコと別れ、海のほうにふらふらおりていく。ヨットハーバー、ならんだヨットの帆柱とよこに張ったほそいロープが、風にゆれ、ワイヤー・ブラシでシンバルでもたたくような金属製の音をたてている。海の上の近くなったアルカトラズ島。海スズメ。

二八番のバスにのりかえて金門橋へ。このあたりは軍用地で、軍の病院や兵舎《バラック》もバスの窓から見える。刑務所や兵舎がロマンチックに見えるのは、どういうことだろう。

金門橋（ゴールデン・ゲート・ブリッジ）はおかしい。いつも、橋のむこう側は見えない。霧がかかっているからだ。ところが、橋のむこう側からは、こちら側が見えない。やはり霧がかかってるからだ。

金門橋のこちら側は、たえず海のほうから霧がわきおこり、天気がかわりやすい。二八番のバスから二番のバス、そして一八番のバスにのりかえたりする。バスはたいてい一か月の全線パスを買っている。

金門橋からさきのバスは、右手に断崖が道ばたの樹々のあいだに見え、その下は太平洋だ。シール・ロックスなんてのも、わりと近くにある。その季節には、シール（あざらし）がいっぱいいるちいさな岩の島。じつは、シールとシー・ライオン（カリフォルニアあしか）の区別はわからない。

一八番のバスで動物園。動物園の裏のほうに大きな湖がある。動物園のそちら側の塀のそばに、ちいさな雑草の花がいっぱいさいていた。きいろ、赤、そして、まっ青の花。雑草の花はちいさいが、いきいきとしている。こないバスを、ぼくは待っていたのだろうか。

サンフランシスコだけでも、毎日バスにのって、夜はビールとワインとジンを飲んでいた。夏、サンフランシスコにいくひとは、ご注意なさったほうがいい。ニホンでいちばん暑いころサンフランシスコでは、霧がはげしくながれる夜など、けっこう寒い。真冬の毛皮のコートを着てる女性もめずらしくない。そんなふうなので、はじめて夏にサンフランシスコにいった者は、たいてい風邪をひく。ぼくも話はきいていたのに、コートをもっていかず、風邪をひいた。

どこへいっても、バスにのっている。ブーフス（実際は、ブックスみたいな発音だというが）で郵便馬車ではなく、郵便バス（ＰＴＴ）にのった。

きいろい車体で、うしろにちいさなトレーラーがついていて、これに郵便物をのせるらしい。リヒテンシュタイン公国にいく郵便バスで、国境なんかはわからないが、ヨーロッパ共通のＰＴＴバスってことなのか。バスの運転手がクスリ屋みたいな、すこし長めのコートを着ていたのがおかしかった。

ギリシャのアテネでのったバスに、メタモルフォーシス（変身）行というのがあった。終点は閑散としたところで、道にオリーブの実がいっぱいおちていた。

オーストラリアのシドニーでは、世界的に有名なボンダイ・ビーチのまんまんなかのフラットにいた。バス停もすぐ近くで、バスはビーチをうしろに坂をあがっていき、やがては、海のほうにくだり、フェリー乗場が終点になる。ここが、シドニーのシティセンター（ダウンタウン）の起点でもある。

フェリーは三ルート。これも世界的なタロンガ動物園のほうにいくフェリーにのる。船着場にいた二三八番のバスで動物園のほうにあがる坂をバスがいくとき、ま下に海が見える。ソーダ水のような青、うすみどりと海の水はさまざまに色調をかえ、それがはっきりわかれ、またかさなり、海の底まですんでいる。

タロンガ動物園の前をすぎ、バスは高いところをはしる。右手、はるかむこうに見える海は、どこの海だろうか。バスの前方にも海があらわれる。ちがう海だ。

バスが通りのひくいところにおりていくと海は消え、丘の上にあがると、海がぽっかり下に見える。海のシーソー、海があがって消えて、さがってあらわれる。

終点はバルモラルのビーチだったが、ここでバスをのりかえ、この日は、いくつの湾や入江、それに外洋の大きな波を見ただろう。

サンディエゴの海

毎年のようにアメリカにいく。たいてい西海岸で、これは気候がいいからだ。アメリカ西海岸でもいちばん北のほうの町シアトルの夏などは、とっても気にいっている。また冬は、メキシコとの国境の町、サンディエゴがすばらしい。初夏のような気温だし、人口はおおいのに、あんまり都会っぽくなくて、とにかくのんびりしている。

このまえの冬、サンディエゴにいったときは、パシフィック・ビーチの海のすぐそばのアパートにいた。その名前のとおり太平洋にのぞんだビーチだ。水平線ははてしなく、長い波がゆったり巻きこんでくる。

アメリカ西海岸では、ほとんどアパートにいる。家具や台所のついたアパートで、ホテルなみに毎日ベッド・メイクしてくれるところもある。

アメリカの町に滞在するときは、アパートを借りると安あがり、ときいていた。しかし、それは若い人たちがやることだとおもっていた。ところが、シアトルではじめてアパートの部屋でくらしてみて、その快適さにおどろいた。

若い人たちどころか、まさに熟年むきなのだ。ホテルの部屋は、なにかとじこめられた気持ちだが、アパートは部屋も三つぐらいあり、窓もおおくて開放感がある。

シアトルのこのアパートの部屋では、下の娘といっしょだったが、小さな寝室がべつにあり、娘はそちらで寝ていた。サンディエゴでも寝室が二つあり、下の娘とその女友達と三人で、部屋代はいくらか高かったけど、ホテルの三人分とおもえば、ずいぶん安い。

サンフランシスコでは、市の中心には家具、寝具に台所のついたアパートを短期に借りれるところなどはない、とサンフランシスコに住んで三代目の日系人からきいていたが、ダウンタウンのまんなかに、そんなアパートがあった。土地の人はあんがい知らない。

ぼくも六十一歳になる。ホテルにとじこめられてるのがいやになった。毎晩、外で飲みあるくのはつかれた。また、レストランでの食事など、つづけてたべられるものではない。じつは、まったくレストランなどにはいかず、ただ飲んでいた。こんなふうでは、からだをこわす。外国で病気をするのは、なさけない気持ちだ。

ところがアパートにいると、かってに飲んで、かってにたべればいい。たいくつになったら、サンダルをつっかけて、ちょいとそこいらに飲みにいく。

サンディエゴのパシフィック・ビーチのアパートでは、まわりの部屋はみんな老人夫婦だった。そして、アパートに滞在しているうちに、それぞれいきいきしだして、あちこちの部屋でパーティーをやっていた。大げさなものではなく、アメリカでは三、四人あつまってもパーティーという。

ロサンゼルスでも、ダウンタウンにバスで十分ほどのアパートにいた。まんまえがスーパーマーケットで、コインランドリーもすぐそばだ。

じつは、いまもオーストラリアとニュージーランドからかえったばかりで、どちらもフラット（アパート）にいた。もうホテルには住めなくなった。

ただ、どうやってそんなアパートをさがしだすのか、とおもいだろう。じつは、ぼく自身もそれが心配だった。だが、さがす気になれば、それほどめんどうなことではない。

しかし、その町のいい季節、観光シーズンなどに、短期に部屋をかりるのはむずかしいことがある。またくりかえすが、そういうときは部屋代も高い。でも、ホテル代にくらべると、たいしたことはない。いまは、どこもホテル代が高くなっている。

アメリカでのアパートは、たいていモテルとよばれてるが、モテルという名前をこわがらなくてもいい。

さて、外国でのアパートぐらしをするときに、ニホンからもっていくものがある。なぜか、外国のアパートにはマナイタがない。味噌汁やスープをつぐお玉杓子はもっとない。ゴハン茶碗はないが、そんなものまではもっていけないから、お皿を代用する。それよりも味噌汁をなにいれるかだ。もっとも、それはニホンの味噌を売ってる町のはなしで、醤油はあっても、大きな都会でないと味噌はない。

米の心配はいらない。どこでも米は売っている。ちいさな袋の米もある。ただしショート・グレインといって、みじかい粒の米を買ってくること。アメリカの米はおいしい。そして値段が安い。ニホン人はずいぶん高い米をたべてることをごぞんじだろうか。

アメリカ西海岸にはなんでもある。シアトルの日本食料品店で、CUCUMBER とならんで KIURI というのがあり、頭をひねった。ニホンの野菜で外国にはないものといえばゴボウぐらいだが、これさえも、アメリカ西海岸ではもう売っている。

ぼくのロング・バケーション

もうなん年も夏と冬のあいだは、外国の町にいる。冬の東京を寒いといったらわらわれそうだが、夏の東京は暑い。

そんなわけで、夏冬で四か月ぐらい外国の町でくらしてるわけで、たいていホテルには泊らないで、部屋を借りている。

ある町に長く滞在するなら、ホテル住いよりも部屋を借りるほうが便利で、安あがりだということはきいていた。でも、そんなことは、たとえばなにかの撮影にきた若い人たちの共同生活ぐらいで、ぼくには縁がないとおもっていた。

ところが、なん年かまえに、うちの下の娘が夏のはじめにシアトルにきてアパートを借り、ぼくがくるのを待っていた。

このアパートが、とても気にいった。だいいち、ホテルの部屋なんかよりうんとひろい。リビングルームだけでも窓が七つもある。ホテルの部屋みたいにとじこめられたような気持ちではなく、開放感がある。

おまけに、このアパートは高台にあって、まんまえは教会、よこも教会、閑雅ないいところだが、スーパーマーケットも近い。バーだって近所にいくつもある。アメリカのバーは朝の八時からあいてるのはふつうだが、朝の六時半からあいてるバーもあった。

それに坂道をくだっていけば、すぐダウンタウンで、図書館も二、三百メートルぐらいむこうだ。かんたんに図書カードをつくってくれ、本の貸出しもできる。

ダウンタウンのなかでも、いちばん海よりのはしのほうのパイク・ストリートの市場まで、ぶらぶらあるいても、十五分とはかからない。

部屋代が一か月六〇〇ドルというのも安かった。三十日で娘と二人だと、一人一日一〇ドルにしかならない。ベッドルームは二つで、娘は奥のベッドルームで寝ている。

家具はみんなそろい、三日に一ぺんはベッドの寝具《リネン》チェンジもやり、掃除もしてくれる。台所用品もたいていそろっている。ただし、なぜかマナイタと、スープや味噌汁をつぐお玉杓子はない。だから、このとき以後は夏冬に外国に出かけるたびに、マナイタとお玉杓子をもっていくようにしている。

それにアメリカだけでなくヨーロッパやオーストラリアでも、台所はガスレンジではなく電気レンジだ。電気レンジはニクロム線の余熱がのこる。だから気をつけていても、ゴハンにおコゲができる。ところが、うちの下の娘は料理がへたで、それで考えて工夫したのか、電気レンジでおコゲはつくらない。器用な人は工夫しない。不器用なやつが工夫し、発明する。いや、実際は、器用な者のほうが工夫し、不器用な者はなにもしないのかもしれない。不器用な者がやるのは、器用な発明ではなく大発明だとかさ。

シアトルのアパートの部屋代が一か月六〇〇ドルというのは、あとになってわかったのだが、たいへん安い部屋代だった。

シアトルはアメリカ西海岸のいちばん北のほう、カナダとの国境までバスで二時間半ぐらいだが、西海岸のずっと南、メキシコとの国境の町サンディエゴでは、一日九〇ドルの部屋を借りたこともある。もっとも、ここは部屋がうんと広く、大きな木のテラスもあって、そのテラスをおりると、いろんな果物の樹がはえたひろい庭があった。でも、ここでは三人で泊っていたので、一人で三〇ドルってことになる。アメリカのホテルは高い。一人三〇ドルで泊れるホテルなどはない。

家具・台所つきの部屋を借りるようになると、もうこれでなくては気にいらず、ホテルなんかに泊る気がしない。くりかえすが、ホテルの部屋よりもうんとひろく、一日に三度ちゃんと食事はつくらなくても、たまになにかこしらえてもいい。とにかく便利だ。

旅行にでたときぐらい家事からは解放されたいから、外国の町で部屋を借りて食事をつくるなんていや、という女性もいるだろうが、そんな女性と外国の町で暮らすのは、こちらがごめんこうむる。

また、ぼくはニホンでも外国でも、市場をあるくのが好きだ。でも、ただ市場をあるくだけで、おいしそうなものがあっても、ホテル住いだと料理ができないので買えない。これは味気ないことだ。

しかし、ぼくはひとりで買物をしたりはしない。いつも料理をする人が市場で買物をする。それがあたりまえのことだ。せいぜい、ぼくは買物の袋をぶらさげてかえる。ついでだが、ビニールの買物袋のことをプラスティックという。ニホンでビニールとよんでるものは、たいていプラスティックだ。なぜ、そうなのかはわからない。

シアトルではよくグイダックを買ってきた。巨大なペニスみたいな貝で、長いのは二十五センチぐらいある。その根もとには貝殻が二つあわさっており、キンタマに見えないこともない。グイダックは生きていて、だから、指先でつっつくと、身がかたくなり、ひきしまったりする。

グイダックのペニス状の身のところは皮におおわれていて、熱湯につけて、この皮をつるっと剝ぎとる。「まるで、男性のあそこからゴムをとるみたい」とある女のコが言った。このコはバージンだということだったが。

グイダックの身を刺身にすると、しこしこしておいしい。あっさりした味で、だから毎日のようにグイダックの刺身をたべていた。身の量がおおいので、二人でせっせと刺身をたべても五日ぐらいかかる。グイダックの身の根もとのほうをわりとこまかく切って醤油で煮たら、これもとてもおいしかった。

グイダックはアメリカ西海岸でしか見たことがないが、太平洋岸を南のほうにくだるにつれて、グイダックのかたちがちいさくなっていくのがおかしい。

いちばん南の、メキシコの町ティワナとはおとなりのサンディエゴでは、グイダックの大きさが三分の一ぐらいだった。

つい最近までオーストラリアのシドニー、ニュージーランドのオークランド、クライストチャーチ、オーストラリアのメルバン（メルボルン）にいた。みんなフラット（アパート）をかりていた。シドニーでは有名なボンダイ・ビーチのまんまんなかの、恥ずかしいほどながめがいい部屋だった。

ここは酒屋も魚屋も近く、カマスを大きくしたようなホワイティングという魚を冷蔵庫で一夜干しにしてオーブンで焼いてたべた。ほっかりかたい白身で、おいしかった。テラスで干すと、カモメにもっていかれる。外国では焼魚はやはりえんりょする。魚を焼く煙とにおいが気になるからだ。ホワイティングの焼魚は、外国での第一号の焼魚だった。

近所の肉屋からオックス・テイルをまるごと一本買ってきた。一ドル九七セントで、二七〇円ぐらいだろうか。大鍋いっぱいのテイル・シチューができ、顔や手をべとべとにし、なんども洗いながら、シチューをたべ、四リットル入りのカスクのワインを飲んだ。

メルバンのフラットは二年まえにいたときとおなじ部屋代で、一日三五〇〇円ぐらいだった。それもいちばん高い部屋で、古いお邸の本館の二階を改造したものなのか、天井がはるかに高く、ベッドルームは二つ、それぞれダブルベッドにシングルベッドがあった。もちろん、かたっぽうの寝室しかつかわない。

このまえの夏はロンドンに一か月とすこしいて、アムステルダム、西ドイツのライン河にのぞんだマインツにいた。ロンドンのフラットも寝室は二つで、客用の大きなテーブルが部屋の隅にあるゲストルームも、ほとんどつかわなかった。しずかな住宅地で、それでいて、バーまでは二百メートルほどだった。マインツでの部屋はドイツらしく清潔できちんとし、通りであうひとたちが、あいさつをするような、スレてないところだった。

シアトルそして……

一

今、アメリカ西海岸のシアトルにいる。ここからはカナダとの国境もそう遠くはない。カナダを旅行していた下の娘が、さきにここにきて、アパートの部屋を借り、ぼくを待っていた。シアトルは人口が約五十万だとかで、このくらいの町はいいものだ。バスもダウンタウン区域はタダでのれる。ダウンタウン区域といってもかなりの面積がある。こんな町はめずらしい。市立図書館は、市民でなくても、半年間、本を貸出してくれる。娘はニホンの小説を借りてきては読んでいる。その市立図書館は、ぼくたちのアパートから、あるいて四、五分だ。

ぼくの父は、第一次大戦がはじまるまで、約十年間、アメリカ西海岸にいたが、シアトルが長かったらしい。そして、シアトルの日本人組合教会で、久布白直勝牧師から洗礼をうけた。そのあいだ、シアトルで父が書いたものによると、朝の六時から夜の九時まではたらきづめで時間がなく、苛酷な労働をしたようだが、どんな仕事かはわからない。農園あたりではたらいてたのではないか。

じつは、そんなことも、つい最近になってしった。ぼくは父を書きたい。もちろん、父の伝記のようなものではない。父について書くのでもない。自分のなかの父を書くなんてことも、安易でセンチメンタルだろう。だったら、どんなふうに書くのか？　どんなふうにというのでもないのかもしれない。さっぱりわからない。書きだして、なにかが見えてくればラッキーだ。見えなくても、書ければラッキーだろう。とにかく、書きはじめたい。でも、そのために、シアトルにきてるのではない。ルポはべつにして、ぼくは取材はやったことがない。取材みたいなことと、ぼくが書くものとは、くっつかないようだ。

この前シアトルにきたときも、八十歳をこえた日本人教会の信者のおじいさんにあってみないかと言われたが、結局はあわなかった。

サンフランシスコでは、日系人教会の牧師というひととおしゃべりをした。日系人教会は二つあり、老人があつまる教会の牧師ということだった。老人とそうでない日系人の教会とはどうちがうのかとたずねたら、たとえばうたう賛美歌がちがうということで、老人のほうの教会は、「山路越《こ》えて」などをうたいますからね、とその牧師さんはほほえんだ。

「山路越えて」なんて讃美歌は、みなさんはごぞんじあるまい。古い賛美歌だ。それを、お年寄たちが小節をきかせてうたう。賛美歌にニホンふうの小節というのがおかしい。

このサンフランシスコのニホン人の牧師さんはお兄さんも牧師さんで、お父さんも牧師さんだ。このお父さんは、息子二人が牧師になって、どんなにかうれしいだろう。子供が自分とおなじことをするというのは、たんに職業の問題ではない。まるごとの生きかたのよろこびだ。

ニホンのクリスチャンも、今では五代目ぐらいがいるのではないか。五代つづいたクリスチャンというのもおもしろい。キリスト教系の幼稚園にいって、そのまますこし教会にかよってる若いお嬢さんなんかとちがい、そういうクリスチャンは、アーメン、ソーメン、冷やソーメンとバカにされた伝統をもっている。長い長い戦争のあいだも、あれこれたいへんだった。

さて、シアトルのぼくと娘のアパートだが八アヴニューにある。海に近く、海と平行の一アヴニューからはじまっての八アヴニューで、山の手のしずかなきれいなところだ。まん前はクリスチャン・サイエンティストの白いドームがある教会。左手にも教会が二つならんでる。クリスチャン・サイエンティストは同名の雑誌などの出版だけでなく、自分たちの教会をもっていて、バプテストや長老派の教会などとならび、プロテスタントの大きな教派になってるようだ。

アパートの部屋の説明をしようとして、翻訳のときにこまってたことにぶつかった。ぼくたちの部屋は四階の四〇二号室だが、ドアをあけるとホールで、左がちいさな寝室、娘が寝ている。右はバスルームだ。おおきな、かなりふかい浴槽で、ニホンふうにとっぷりからだをしずめることができる。

ここで、ホールの訳語にこまる。ホールをそのままつかうと、公民館ホールみたいな大ホールになってしまう。ところが、このホールはドアからはいって、せいぜい一メートル平方ぐらいの空間だ。ホールを廊下と訳してさしつかえないようなときは、ほっとしたものだった。ホールが玄関みたいなときもあるけど、玄関はあんまりニホンふうすぎる。結局、このホールは訳しようがないが、くりかえすけど、そのままホールにしとくわけにはいかない。

バスルームのとなりはクロジットだが、これも訳すのにこまる。クロジットにたいするニホン語で、いちばんおおいのは洋服ダンスだけど、洋服ダンスはニホンにしかない。アメリカやヨーロッパにあるのは、ただの服で、洋服ではない。しかし、服ダンスではおかしい。

また、このアパートのクロジットはタンスではない。三方が壁のちいさな部屋で、奥のほうにハンガーがある。ハンガーに着る物をぶらさげるだけでなく、スーツケースや寝袋など大きな物はここにおいてある。

しかし、クロジットはホールとちがい、ニホン語として意味をもってないので、ぼくはクロジットはクロジットと訳しておいた。そんなのは訳じゃないと言う方がいそうだが、苦心をしたあげくの訳語だ。

いまは、ぼくは翻訳をやってないけど、十年ぐらい、翻訳がおもな収入だった。ホールとかクロジットとか、名詞の訳でもこまることがあるが、まるごとの文章で訳がむずかしいときなど、ほんとにこまる。ただ、翻訳というものは、もともと不可能なことなのを、なんとか、いくらかでも原文に近づこうとしてやってるのだと考えると、おもいあがりもへり、はげみにもなる。

ホールにつづく部屋には、もちろんしきりなどはない。カーペットもおなじだ。クロジットのカーペットもいっしょ。この部屋にはぼくが寝てるダブルベッドにタンス、戸棚、ソファ、ロッキング・チェア、テレビなどがある。ひろい部屋だ。窓は四つ。アパートの部屋テレビには有線テレビのチャンネルが十一もあり、これには金を払う。アパートの部屋代は一か月六〇〇ドルで、電気代、水道代などもはいっている。

この部屋の奥はダイニング・キッチン。大きな冷蔵庫があり、たっぷりしたスペースだ。ガスレンジではなく、電気レンジ、電気オーブンで、アメリカやヨーロッパの人たちは、よくオーブンをつかう。

ついでだが、有線テレビはニュースばかりやってるチャンネルとか、映画、歌ばかりのチャンネルもある。白黒の古いテレビ番組の「ペリー・メーソン」や「アイ・ラブ・ルーシイ」なども、お昼の十二時前後にやっている。

きのうは、ダウンタウンのタウン映画館で、ウオルター・マッソーとロビン・ウイリアムズ主演の「Survivors」という映画を見たあと、映画館の前の通りのパイク・ストリートをまっすぐ海のほうにくだって、どんづまりのパイク・プレース市場《マーケット》にいった。円屋根のがらんと大きなマーケットではなく、ちいさな店がよこにならんだ、市場らしい市場だ。

この前シアトルにきたとき、この市場のチーズ屋に、白いギリシャのチーズとならんで、水にはいった、おなじように白いチーズがあったが、じつはトウフだった。今はトウフはなくなっている。

このマーケットで買ったものは、ブドウひと房一ドル七〇セント、生カキ三ドル一〇セント、剝きエビ三ドル三〇セント、ちいさな玉ねぎみたいな自家農園産のシャロット一ドル、ミックス・ナット半ポンド二ドル二〇セント。レモン一コ二五セント。

カキはフライに、剝きエビはかき揚げ。かき揚げはいくらか焦げたけど、生まれてはじめてつくったにしては、よくできた、と娘は自慢してる。冷えた白ワインにバドワイザー・ビール、ジン・ソーダ。シャロットはエシャレットみたいかとおもったら、もっと強烈で、白味噌をつけてたべた。

米は二・二七キロで一ドル七五セント。ニホンのはんぶんぐらいの値段かしら、と娘は言う。

いいかげん飲んだところで、「とうちゃん、あそびにいってきなよ」と娘がすすめた。

親孝行な娘だ。ふらふら、チャイナタウン・ニホン町にでかけていく。ひろい通りに、ほんのなん軒か日本レストランがあるだけだ。「千代」のバーで飲む。ウエイトレスの女性が仕事のあいだに、バーではなしていく。奥の調理場から主人もでてきた。

「招き」のバーにうつる。前々日は休みだったレジの女性がなつかしがって、ちょいちょいバーにやってくる。酒は飲まないで、いつもこのバーにいる白人のオジさんと、あれこれはなす。いそいで水割りを飲み、バーのカウンターでウドンをたべだしたニホン人の男性が、ウドンをたべおわり、ふーっと息をはきだしてから、ひさしぶりですね、とぼくに言った。

そのひとは、このあいだニホンに出張でいったが、こちらにくるときは羽田空港からで、成田空港ははじめてで、ニホン人にマゴマゴしてるのを見られるのは恥ずかしいので、外人の列のうしろにくっついていった、とわらった。

七年前にシアトルにきたときには、ここのオフィスに九人もの社員がいたが、不景気でひとがへり、今は二人しかいない。こんなことでは、新人教育もできず、だから自分たち二人でずっとひきついで仕事をやっており、交替がなく、ニホンにかえれない、とそのひとはボヤいていた。どこの会社のどんな仕事かはきいたが、忘れてしまった。

「招き」のあと、「嘉代」にいく。カラオケでも歌い、ジン・ソーダを飲んでると、「ミカド」の鮨バー（コーナー）のスティーブが仕事がおわって、やってきた。スティーブとぼくはなかがいい。

ほかの町にいったときとおなじように、シアトルでも、まず一か月のバスのパスを買った。ニホンみたいに七月二十五日から八月二十四日までといったパスではなく、八月のパスなら、八月一日から月末までというパスだ。そんなふうなので、八月もなかばをすぎると、八月のパスは売ってくれない。バスのパスを売ってるところは、町によってちがい、シアトルは交通局《メトロ》だが、デパート、食品スーパーなどいろいろある。シアトルのバスはワン・ゾーン（一区内。といってもひろい）一か月二三ドル。

どこにいっても、ぼくはバスにのっている。もちろん、行きさきなどは見ないで、バスにとびのってしまう。コミのバス病とわらわれたりする。

シアトルはきれいな町だ。そして、町とたてにならんで、シアトルの町とおなじくらいの面積のワシントン湖がある。ここでは、なぜかインディアンをよく見かける。キング・ストリート駅に近いバーなどでは、女性のインディアンも飲んでいる。

この前、シアトルにきた日に、セントヘレナ火山の大爆発があったが、ついたばかりで、ぼくはホテルで眠っていた。

あとで、サンフランシスコまで旅客機でいったとき、空から見ると、セントヘレナ火山の近くの山々は火山灰だらけ、河までが火山灰でそれこそ灰色だった。セントヘレナ火山の火山灰をビニール袋にいれたのを、下の娘はおみやげに買ったが、だれにやったのだろう。

なさけないことに、娘もぼくも、せっかくシアトルにきてるのに、外国の町にいるという気持ちがまったくない。バカな、目をあけてあるいてれば、見えるのはアメリカ人ばかりじゃないか、と言われそうだが、それも、ただニンゲンがあるいてるように見えるらしい。パイク・プレース市場《マーケット》にいっても、外国の町の市場で買物をするという気持ちはない。だらけてるんだろうなあ。ともかく緊張感はない。

今夜から二日間、盆踊りがあるという。踊る人がなん百人もあつまるそうで、「アメリカ西海岸でも最大の盆踊りでしょう。ぜひ、見なきゃ」と「千代」の主人は言ったが、ぼくも娘も盆踊り見物にいく気はない。だいたい、どこにいても、見物なんてことはしない。娘もそうだ。親子というのは似るもんだなあ。

ギリシャのアテネに四十日ぐらいいたときも、アクロポリスの丘まであるいて六、七分のところで、毎晩ワインやギリシャ焼酎のウーゾを飲んでいながら、一度もあの丘にはのぼらなかった。

じゃ、なにをするかというと、昼は、バスにのったり、映画を見たり、そのうち、見る映画もなくなってしまう。そして、夜は酒を飲む。

きのう、パイク・プレース市場《マーケット》の魚屋で三ドル一〇セントのカキを買ったとき、四ドルわたすと、魚屋さんが「Out of 4 dollars」と言い、ぼくはうれしくなった。ニホンならば

「四ドルおあずかります」というところが、かんたんに四ドルからだ。おあずかりしますが、シンプルな out of になった。そんなことを知ったのが、たいへんにうれしいと言えば、それこそ、せっかく外国の町にいるのに、ほんとにつまらない日をすごしてるんだなあ、とわらわれるだろう。

この夜、スティーブが十年間はたらいた「ミカド」をやめるので、「嘉代」でパーティーがあった。鮨バーや炉端焼のカウンター、カラオケのステージもある大きな部屋で、テーブルをいくつもくっつけて、みんなでしゃべりながら飲む。だれかがスピーチするわけでもなく、ただにぎやかに飲んでるだけだ。そして、フロアにでていって、わいわい踊ってる。きまった会費もなくて、二、三人の友だちどうしで、それぞれ飲んだ金ぐらいをおいていく。もっとも、ぼくは金はおかなかった。たいへんにざっくばらんな、いいパーティーだ。こんなことこそ進歩した社会というのだろう。

今は日曜日の午前十一時すぎ、ダイニング・キッチンのテーブルで、これを書いている。アパートの窓の下は、左手にある第一長老派教会の経営の広い駐車場で、教会にくる信者が駐車するのは、日曜日の朝か水曜日の夜の祈禱会ぐらいのものだから、ほかの日は料金をとって一般の人たちにつかわせているようだ。

この駐車場はよく繁盛していて、朝の八時半ごろには、クルマがびっしりいっぱいになる。それも、タテ・ヨコかさなって駐車してあり、奥のほうのクルマをとりだすためには、なん十台ものクルマをうごかさなければいけないみたいで、むずかしいパズルを見るようだ。

日曜日の今は、教会にきた人たちのクルマが、おっとり余裕をもって駐車してある。ところが、礼拝のギリギリの時間や、礼拝におくれてくる人もあり、いそいで前の教会へあるいていく。

まばゆく、あかるい夏の陽だが、日陰はひんやり涼しい。駐車場のむこうの通りに、白いボディのバスが、ゆっくりはいってきた。娘はテレビを見てわらってる。テレビを見てわらってもかまわないが、天気予報を見てわらってるやつがいて……。

二

ヘイ・マーケットは土曜、日曜にひらく。こんなマーケットのことをサンデー・マーケット（日曜市場）という。食料品もあるが、衣類や日用雑貨などを売ってる市場だ。ここはオーストラリアのシドニーだけど、メルバン（メルボルン）にも有名なビクトリアの日曜市場《サンデー・マーケット》がある。衣類も安いが、ボタンとボタン穴がかけちがってあわなかったりする。

きのうの土曜日、ヘイ・マーケットにいこうとおもったけど、リバプールという通りの名前だけが耳にのこっていて、場所がわからない。ところが、マクレー・ストリートのバス停で、ヒサさんにあった。ヒサさんはこのあたりのフラット（アパート）にすんでいる。戦後、ニホンに駐留したオーストラリア軍の軍人と結婚した戦争花嫁の第一号という女性だ。

　近ごろでは、ヒサさんは、Working Holiday の母とよばれている。正式の名称やくわしいことはしらないが、オーストラリアでは、ニホンの若い人たちに、働きながら見物といったWorking Holiday の査証《ビザ》をだしている。もっとも、不景気で、オーストラリアの市民でも失業者がおおいため、このビザの期間が六か月から三か月になったとかきいた。ともかく、ヒサさんはWorking Holiday できた若い人たちに仕事や部屋を世話してやったりしている。

　こんなふうに言うと、テキパキ仕事をかたづけていくオバさんみたいだが、ヒサさんはただ親切で、きょとんとぬけたところもあるようなひとだ。

　アメリカとちがい、オーストラリアには戦前からの日系人はひじょうにすくない。戦争花嫁一号のヒサさんは、オーストラリアでの戦後の日系人一号でもあったのだろう。Working Holiday の若いひとたちだけでなく、ヒサさんのあとからきたニホン人はみんな後輩で、ずっと後輩の世話をしていたにちがいない。

　ヒサさんとぼくは前からのしりあいで、こんどシドニーにきてからも、いつも通りでぱったり、もう三度もあっている。そして、きのうは、タウン・ホール（市庁）から二つめのバス停でおりて右にいき、と、ヘイ・マーケットの場所をおそわった。ヒサさんはクルマはもたず、バスにのるひとだから、ありがたい。バスにのるひとでないと、バスのことはわからない。

外国のどこの町にいっても、まず、ぼくはバスのパスを買う。シドニーの全地域のバスのパスを買ったが、一週間一一ドルだった。このパスでフェリーにものれる。

ヘイ・マーケットはラグビーができるくらいの大きな建物で、そのなかに、たくさんの個人の店がならんでいる。マリがホーレン草を買った。ニホンの一束よりも量がおおいそうだが、たぶん、このオレンジも輸入品だ。十コぐらいで一ドルのオレンジもある。でも、たぶん、このオ一ドル六〇セント。オーストラリア・ドルは二一五円ぐらいで、ホーレン草はあんがい高い。マリとはシンガポールであい、おなじヒコーキでシドニーにきた。

ぼくはオリーブの実を買った。一ポンド一六五セント。青いオリーブの実と黒いライプ・オリーブの実とのあいだぐらいの色のオリーブだ。これまた、どこにいっても、ぼくはオリーブの実を買う。オリーブはワインを飲むときの漬物がわりにもなる。

オリーブは安くない。ギリシャあたりはべつとして、パリの市場のオリーブよりも高いだろう。これも輸入品か。ギリシャは禿げ山がおおく、石ころばかりの荒地にオリーブの木だけがたっていたりするが、落ちてるオリーブの実をひろってたべても、味もなんにもしない。

牛肉はニホンの値段の五分の一ぐらいのもあったけど、ティッシュ・ペーパーやトイレット・ペーパーは、ニホンの四、五倍はする、とマリは言った。だったら、たべるだけたべて、ださなきゃいいじゃないか、とぼくは名案をかんがえたが、マリにおこられた。ティッシュ・ペーパーの原料は、ニホンもオーストラリアも輸入してるはずなのに、なぜ、こんなに紙の値段がちがうのか、とマリはふしぎがる。

　オーストラリアの電気のコンセントは㊇のかたちになっている。ニホンの電気プラグの足の⑪ではいらない。オーストラリアに電気製品をもっていくときは、注意したほうがいい。マリは㊇と⑪のプラグ・アダプターをさがすのに苦労し、やっと、古ぼけたなんでも屋で見つけた。

　ヘイ・マーケットで、マリはポテトも買った。二キロで一ドル。これは安い、とマリはよろこんでる。それに、アパートの近くの食料品店などのポテトにくらべ、とてもイモ肌がいいそうだ。

　もっとも、ぼくは二キロのポテトをもって、マリといっしょにクージイ・ビーチにいった。この海浜《ビーチ》は、有名なボンダイ・ビーチよりも南で、やはり外洋に面している。でも、そんなに大きな波はなく、シドニーの町のなかにふかく入りこんだ湾のなかの内海《うちうみ》よりも海の水があったかい。それでも、かなりつめたいが、さわやかな感じだ。去年、このビーチにきたときは、浮いてる鯛をひろってきて、吸物や刺身にしてもらった。こんどは、そんな魚はいなくて、かわりにクラゲをひろってきたら、マリにおこられた。オーストラリアは真夏なのです。

シドニーの繁華街ジョージ・ストリートのデパートで、マリはエプロンを買おうとして、「アイプロン？」とききかえされ、めんくらった。

オーストラリアのふつうの人たちの発音では、Aがアイになる。A・B・Cはアイ・ビー・シイだ。DAYはダイ。今日《トウダイ》は月曜日《マンダイ》だが、やたら人《マン》が死《ダイ》んでるみたいだ。ついでだけど、先週の木曜日はオーストラリア・デイという休日で、こんな場合、休日をふりかえ、月曜日にもってきて、三日間の連休にする。ニホンみたいに、日曜日にかさなった休日だけを、月曜日にふりかえるってことはない。

どこかの国に滞在したりするときは、休日のことをたしかめといたほうがいい。アイルランドやイギリスにいたときは、月末に銀行休日《バンク・ホリディ》というのがあって、めんくらった。

DAYがダイならば、HAYはハイで、れいのヘイ・マーケットのことをハイ・マーケットとよぶのもきいた。

しかし、たとえば、DAYをダイと言う人は、いつもダイかというと、そうではない。これは大きな発見だった。テレビで、ある人が、ごくみじかいセンテンスの7 days out 25 daysを、はじめの7 daysはセヴン・ダイズ、あとは二五ディズと言っていた。また、Saturday and Sundayをサタデイ・アンド・サンダイと発音してるのもきいた。それから気をつけていると、たとえばDAYの場合でも、そのときどきで微妙なちがいがある。じつは、戦後やってきたオーストラリア兵とあったころから、うすうすは感じていたことが、こんどシドニーでわかったわけで、ひとつの言葉を、おなじ人が言うときでも、いろんなちがいがあるのはあたりまえのことだ。ところが、あたりまえのことは、なかなか気づかない。とにかく、なんでも、きめつけるのはよくない。

シドニーにきたはじめ、近所の食料品店で、「明日の日曜日も店はあいてるか？」ときいてくれ、とマリがぼくにたのみ、店の主人がそれにこたえると、九州生まれのマリは、「ああ、あいとっとね」とうなずき、ぼくはふきだした。

店の主人は「From 8 to 8」と言ったのだ。日曜日も午前八時から午後八時まではあいてるってことだが、eiがアイの発音なので、eightがアイトになり、店の主人が「フラム・アイト・トゥ・アイト」と言ったのを、マリは「開《あ》いとる」と九州弁ふうにとったわけで、シドニーでのニホン人の飲み仲間のジョークになりかかっている。

ついでだが、外国語の発音をニホン語の仮名で書くのは、むりなことだとわかっていてやっているので、たとえば、銀行休日《バンク・ホリディ》なども、ぼく流の仮名にするなら、ハラデイのほうが近いだろう。

Manlyにアワビをとりにいった。シドニーにいるニホン人などは、Manlyをマンリイとよんでるが、土地のふつうの人はメンリイに近い発音をしてるともきいた。シドニーにはたくさんの湾があり、深く入りこんだ湾をはさんで町ができているといったぐあいだ。そんな湾がいくつもあり、バスにのってると、ひとつの湾にでて、また、べつの湾をよこぎり、そして、つぎつぎとほかの湾のそばをとおっていったりする。

Manly はシドニーの町に深く入りこんだ二つの湾があわさる入口の北側の、またべつの湾の奥にある。

シドニーの町の中心部はシティとよばれてるが、シティのはじまりで海ぎわのはしとも言えるフェリー乗場の Circular Quay からは、マンリイ行のフェリーと水中翼船もでており、バスのパスでのれるので便利だ。しかし、ハーバー・ブリッジで湾をわたって北シドニーにはいり、もうひとつ、せばまった湾をこしてもマンリイにいける。

アワビは ear shell ともいうらしい。アワビの身が耳のかたちをしてるからだろうが、誘拐した人質の耳を切りとって送りとどけるみたいでキモチがわるい。

アメリカでもオーストラリアでも、鮨ネタとしてアワビはとてもポピュラーで、だから、アバロニという言葉は、よく耳にはいる。

去年のおなじころ、メルバン（メルボルン）にいったときも、川崎汽船の宮地さんが、たくさんアワビをとってきて、ごちそうになった。大きな、りっぱなアワビを三十コぐらいとってくるのだ。

しかし、こんどは、マンリイの磯にもぐってアワビをとったのは長沼政雄さんだけで、ひとりでは、とったアワビをはこぶこともできない。ぼくも海にはいったが、手伝うどころではなかった。だいいち、ここの海の水はとてもつめたい。

それでも、磯の岩のあいだで、とりたてのアワビで鮨をにぎり、十人ばかりでたっぷりたべた。長沼さんは、直径十五センチもある、黒い大きなウニもいくつもとってきて、アワビの殻にいれた醬油をつけてたべ、これもおいしかった。長沼さんはシドニーではベテランの板前さんで、ぼくは長沼さんのアパートに居候している。

ウニは sea urchin とも言うらしく、urchin はいたずらっ子、とくに町の通りのわるガキのようだが、ウニにこんな名前もあるのがおかしい。ウニのするどいトゲをふんづけて腹がたったから、こんな名前ができたのか。ウニがたべておいしいのを知ってれば、べつの名前になったかもしれない。

ぼくがいるフラットはエリザベス湾《ベイ》にある。海ぞいのちいさな公園のすぐよこのフラットだ。部屋は最上階の九階で、眺めはいいが、リフト（エレベーター）が故障のときは、ほんとに苦労した。

こちらは夏時間で、夕方の八時ごろから日が暮れかかる。エリザベス湾を見おろす、シックな建物のフラットの窓々に、ぽつんぽつんと灯がともる。まだ空にあかるさがのこってるころは、その灯がオレンジがかっただいだい色の、なにかぼやけて滲んだ色だが、あたりがすっかりくらくなると、灯の色が青白く、シャーベットのように透けてくる。

浴室の窓のはるかむこうに見えるのは、パディングトンの丘の白い塔か。教会の塔ではない。でも、なんの塔だろう。パディングトンの界隈には、アイアン・レース、鉄のレース刺繍とよばれる、古めかしく優美なデザインの手すりのテラスの家がある。あまり大きな家ではない。ビクトリア王朝風なのだろうか。そんなテラスの家がならんでるのがまがった路地のようなところだったりして、おかしな、それこそ優美な気持ちになる。アメリカやオーストラリアの町には、路地みたいなのはすくない。ヨーロッパの町でもあまりない。だから、新宿あたりの路地がなつかしく、ホームシックなみの路地シックになったりする。

パディングトンには、ちいさな劇場があったりし、劇場のせまい入口から、ほそいタバコをまっすぐつきだすように口にくわえた若い男がでてきて、しらないぼくに挨拶した。マリワーナだろう。

このミニ劇場の近くで散髪した。ヘア・スタイリストなんてしゃれた看板の店ではなく、BARBERとぶっきらぼうに看板をだしたところだ。ぼくは外国にいくと、いつも散髪する。散髪代が安いし……。もっとも、神戸には理髪料五百円というところがある。

パディングトンのこの理髪店《バーバー》では、ヘア・カットが六ドル半となっていた。しかし、ぼくは五ドルだった。電気バリカンで、禿げ頭をガリガリっとやるだけだもの。しかし、そのはやいこと。顔は剃らないが、頭のうしろのほうは剃ってくれたけど、台の上にあったカミソリをとって、石けんもつけず、つるつるっと。

　この床屋さんはイタリア人だ。ぼくがはいっていくと、店の奥のテーブルで、仲間二人とイタリア語でしゃべりながら、コーヒーを飲んでいた。アメリカでも床屋さんにはイタリア人がおおい。アメリカの理髪店は、客が鏡を背中にして、店の入口のほうをむいてるのをごぞんじだろうか。こんなことは、アメリカだけではないか。客が入口に背中をむけてると、うしろから撃たれるから、というぶっそうな解説もある。また、このほうが、客のうしろの鏡の前の台に、いろんな調髪道具をおくことができるので便利だ、とアメリカの床屋さんからきいたこともある。

　フェリー乗場の近くの古い町ロックスの片隅のニホン食品店壹番館でマヨネーズなどを買ってきた。アメリカの西海岸のアパートにいたときも、下の娘はアメリカのマヨネーズをきらった。オーストラリアのマヨネーズもそうだが、なんだか味があまい。シドニーにきてだいぶたつけど、ニホン食品店にいったのははじめてで、タクアンや海苔なんかではなく、まっさきにニホンのマヨネーズを買ってきたというのがおかしい。もっとも、こちらのマヨネーズに慣れてしまえば、ニホンのマヨネーズの味をおかしく感じるかもしれない。

　Tボーン・ステーキの肉の値段などは、ニホンの五分の一ぐらいなのに、ベーコンはおなじか、すこし高いくらいよ、とマリが言う。自分たちが実際につかうモノの値段の構造をしらべると、その土地、その国の状態がはっきり現実的にわかるのではないか。
シドニーはニュー・サウス・ウエールズ州で、州の首相もおなじPrime Minister。オーストラリア首相のホークが、U・S・Aをユー・エス・アイと言ってるのをきいた。ただし、ホーク首相はいつもこんな発音かどうかはわからない。また、保守党ではなく、労働党の党首に似つかわしい言いかたかもしれないが、個人差もあることだし、なんとも言えない。

ぼくたちのいるエリザベス湾《ベイ》は、左手がポッツ岬《ポイント》の海軍施設でしろっぽいブルーの軍艦が浮かんでおり、こちらのほうはヨットがいっぱい。海とは逆のほうに、かなり急な坂をあがると、マクレーの通り。この通りを左にいくと、ヨル、ヒル関係なしに女がたっている盛り場のキングス・クロス。わりとせまい通りは、いつもひとで混雑し、とくべつな雰囲気だ。

町の中心部シティの繁華街ジョージ・ストリートで、前にもあったフミちゃんが、ふしぎなかたちと穴ぐあいのオカリナを売っていた。

三

去年の夏とおなじシアトルのアパートにいる。寝具やタオルは毎週替えてくれるし、台所用品や皿などもちゃんとそろっていて、月六〇〇ドル。週だと二〇〇ドル。

台所はガス・レンジではなく電気レンジなので、スイッチをきっても余熱が強く、お焦げゴハンをつくったりする。ひとつの蛇口で水、お湯がでて、温度を調整する。テレビは有線放送《ケーブル・ライン》がついており、月に三〇ドル払う。

あかるく、さわやかな夏の日がつづいている。半ズボンをもってきたが、まだはいていない。半ズボンでは涼しすぎる。

八アヴニューの静かな界隈のアパートは、いささか古びた上品な建物で、玄関のロビーなどはひっそりしひとがいたことがないが、異様な感じがする。長いりっぱなソファや二つの肘掛椅子の脚にしろい金鎖がついてるのだ。まるで、ロビーの番をしてるドレイが重い鎖につながれてるように。

防犯の金鎖つきの椅子とはカンケイないけど、アメリカやヨーロッパにくると、ドレイということを考える。西ベルリンにはたくさんのトルコ人がいて、不景気なのでトルコ人の失業者がおおいとのことだった。景気がいいときには、人手が不足なので、トルコ人の労働者を大量に移住させたのだろう。パリでは街路の掃除をしてるのは、ほとんど黒い皮膚のひとたちだった。

メキシコからアメリカへの密入国者は年になん百万人とかきいた。なん百万とはおどろくべき人数だ。この密入国者たちはおもに農園の季節労働者らしい。農園では収穫期などは一時的にどっと人手がいる。工場とちがい、農園では機械が人手のかわりをすることはむずかしいのだろう。こんなときに、メキシコからの密入国者をつかい、仕事が暇になれば解雇する。密入国者だから労働組合にもはいっていないし、賃金も安い。カリフォルニアあたりの農場の経営はメキシコ人の密入国者なしでは考えられないのかもしれない。

　メキシコからの密入国者というと、暗い犯罪者のようだけど、そんなではない。ごくふつうなのだ。昨年の二月、ロサンゼルスのリトル・トウキョウのバーで日系のオジさんたちと飲んでたとき、「わしは五〇円……」「ほう、あんたは一〇〇円も払うたんか」なんてはなしになった。たまたまだが、この日系のオジさんたちは、みんな密入国ルートに金を払って、メキシコからやってきたひとたちだった。五〇円というのは五〇ドルのことだ。メキシコから密入国してくるのはメキシコ人ばかりではない。ニホン人の密入国者もいる。ただし、こういったオジさんたちは、今ではアメリカの永住権をもっている。

　昨年、リトル・トウキョウの週四〇ドルの安いホテルにいたとき、移民局《イミグレーション・オフィス》の手入があり、ほんとにてんやわんやだった。なにしろ、リトル・トウキョウのレストランなどのニホン人の従業員の七割とか八割とかが、アメリカで働いていいビザをもってなかったという。

　移民法違反で出国を命令され、自分の金でニホンにかえる者は、またアメリカに入国できるが、いわゆる強制送還された者は、もう入国できない。そんなことで、ニホンにいく渡航費をつくるため、リトル・トウキョウの中古車の値段がぐんとさがったとか。

アメリカでは、夜、だれもいないオフィスに灯りがついていたりする。あかるい照明の店が、CLOSEの札をぶらさげてるのもめずらしくない。こんど、シアトルにきたはじめ、そんなオフィスをのぞいて、なにか感じがちがうようにおもったのは、それこそだーれもいないことだった。残業してるひとがいない。ニホンならば、夕方の時間はなん人かが残業してる。ところが、アメリカではみごとなくらい残業はしない。かってに残業なんかしたら、みんなびっくりし、クビになるかもしれない。もっとも、ニューヨークあたりのビルのオフィスでは社長とかジェネラル・マネジャーとかのえらいひとが、朝はやくにオフィスにきたり、残業をしたりして、ひとりではたらいてることもある。

しかし、ほかのほとんどの人は、時間ではたらいてるドレイみたいなもの。時間の外はドレイから解放される。ただし時間中は、くりかえすがドレイで、だからサボってると、時間ドロボーと叱られる。ぼくもなんどもおこられた。ニホンでは、こんな叱りかたはない。

ともかく、ニホンで考えるドレイという観念とはだいぶちがうようだ。というより、ニホンにはドレイの観念がないのではないか。だから、ドレイから解放された自分の時間というものもない。ただし、それがいいとかわるいとかってことは、ぼくは言わない。

港町は坂がおおい。このシアトルも町ぜんたいが、海のほうに坂になってる。ぼくのアパートの前もよこも教会で、窓からはダウンタウンの高いビルが見え、そのあいだに海がのぞいている。

午後八時だが、ビルのてっぺんのほうや、海の上の空はあかるくかがやいている。ただし太陽は見えない。でも、陽はしずんだという感じはなく、だったら、いったいどこに太陽はいるのだろう。

シアトルは緯度も高く、それに夏時間で、午後八時はふつうなら七時だ。すこし前から、窓にシェードをおろして飲んでいる。シアトルのニホン人社会は古い。そのニホン人がたくさんすんでいて、お寺や日本人教会などもある丘からは、真正面にレニア山が見える。レニア山は、夏でも雪がかぶさって、ぽつんとおだやかにたっており、このあたりのひとたちがしたしんでる山だ。日系人たちはタコマ富士とよぶ。

そのレニア山の名前をとった、地元シアトルのレニア・ビール、アメリカのビールの本場ミルウォーキーのドイツ風のマイスター・ブラウ、おなじみのバドワイザーを、かわるがわる飲む。よく冷やした白ワインは、これもよく売れてるアルマデンのシャブリ。カリフォルニア州サンノゼのシャブリだ。

サカナはグイダックの刺身など。グイダックは身の長さは二〇センチぐらいの、ほそ長い貝だ。馬のペニスよりも長く、生きているので、たたくと身がかたくなる。

山芋の短冊、ジャガ・バター、アサリの酒蒸し、料理につかった酒はカリフォルニア州バークレイの甲州正宗。加州大学のバークレイ校で見たリスをおもいだす。しげみのなかから長い尾だけでてうごいており、一瞬、蛇だとおもった。リスと蛇をまちがえちゃいけない。バークレイはサンフランシスコから湾の地下をとおるBARTの電車でいく。

やわらかなリブ・ステーキにマッシュルームと玉ねぎを炒めたのがそえてある。玉ねぎは、この近くのワラワラ産が有名で、ワラワラのスイート・オニオンという。去年の夏、ワラワラ大学に留学してる女のコにあった。わざわざニホンからシアトルのそのまた田舎のワラワラの大学にきて、フランス文学をやってるという。まことに奇特な女のコで、おまけにカラオケが好きだった。オーストラリアでもそうだが、サラダのマッシュルームは生でたべる。サラダのちいさなトマト。子供のころのあの青くさいトマトのにおい。

あまりしょっぱくないブルーチーズ、まっ白なギリシャ・チーズのフェタ。漬物はニホンからマリがもってきたしば漬け。こんなのがなくなると、オリーブの実を漬物のかわりにする。

味噌汁は豆腐に揚げ、青ネギをふりかける。青ネギと豆腐は近所のスーパーで買ってきた。青ネギはgreen onionと書いてあった。木綿豆腐だが、昔のニホンの豆腐みたいにかなりかたい。絹ごし豆腐でちょうどいいかたさじゃないかしら、とマリは言う。

あ、若布とKIURIと大根の酢物をわすれていた。これだけならべても、たいしてお金はかかってないのね、とマリはわらう。こんな料理人を外国で見つけるのはむずかしい。

YWCAあたりにいるニホン人の女のコでは、こうはいかない。そういえば、去年の夏、坂の下のYWCAに泊ってた女のコと町であい、ぼくのアパートにつれてきて、いっしょに近所のギリシャ・バーにいくと、身分証明を見せろと言われた。未成年者とおもわれたのだ。日本の女性が若く見られることなどよくきかされるが、実際にそういうことがおこって、身分証明になるものをホテルやアパートにとりにかえるのは、めんどうなものだ。れいによって、昼間はバスにのり、夜は酒を飲んでいる。ニホン町の「嘉代」には二度いった。「招き」のコロッケはまだ食べていない。コロッケというのはフランス語だろうが、西ドイツでややそれらしいのを食べただけで、ほかではお目にかかったことがない。なぜ、ニホンでコロッケと称するものが、これだけふつうのたべものになってるか、ふしぎなことだ。

三アヴニューの郵便局の前から三〇五番のバスにのった。どこにいくバスでもいいが、リッチモンド・ビーチ行きだとマリが言う。海浜《ビーチ》ならそれにこしたことはない。シアトル名物のスペース・ニードルの塔が見える。海。廃船みたいなぼろっちい軍艦が二隻、今年もまだならんでいる。ワシントン湖とユニオン湖のあいだの湖の水がせまくなったところの橋をわたる。シアトルには湖がおおい。ワシントン湖はシアトルの町とおなじくらいの大きさがあり、そのなかのマーサー島はみどりのおおい島で、樹がうっそうとしげっている。前にこの島に住んでいた作家の山本道子さんは、夜はこわい、と言っていた。

三〇五番のバスははるかに坂をくだっていくような通りをいくつもはしる。キャンパスにリスがいるワシントン大学地区は、もうとおりこしたのだろうか。

坂のむこうに大きなショッピング・センターが見えてきた。デパートが三つぐらいはいってるとか。映画館もある。アメリカでは、こんな郊外の大きなショッピング・センターがあたりまえのことになってきた。バスの便がよくないと、クルマのないぼくには縁がない。ノースゲートというところらしい。

バスはここからまた北上して左にまがり、オーロラ通りをよこぎる。オーロラ通りのもっとさきのほうでとほうにくれたことがあった。夏の日の暮れにくい夕方なのに、うすぼんやりくらくなってきたので、ダウンタウンのほうにひきかえそうと、バスをおりたら、ひきかえすバスがなかなかやってこない。自分がいるのが、どのあたりかも見当がつかず、とにかくダウンタウンから遠くはなれてることだけはわかる。このまま、もうバスはないことだってあるのだ。あのときも日曜日だった。ニホンでは考えられないくらい、土、日曜のバスは本数がすくなかったり、まるっきりなくなったりする。

バスがはしる道の両側に灌木がおいしげっている。そのなかに、まるい実をつけた木があって、「あ、あれ、なに……」とマリがゆびさす。「わあ、ちいさいけど、リンゴだわ」直径三、四センチのうす赤いリンゴ。青いところがおおく、かじれば、いくらかすっぱいかもしれない。野生のリンゴ。こんなリンゴを枝からとってたべたのは、どこだったか。素朴なフレッシュな味で、けっこうおいしかった。これも、外国のしらないところでバスをおり、とほうにくれたようなときだったのではないか。

バスは海のそばまでおりきらないうちに終点になった。鉄道の土手で、その土手に橋がかけてあり、橋の下を列車がとおった。橋をわたり藪《やぶ》のなかにはいって、オシッコをする。こんなところにトイレはない。

海にむかってくだっていく屋根の上で鯉幟《こいのぼり》が風にゆれている。アメリカで鯉幟などは見たことがなかったが、これも新しい流行か。この鯉幟はニホンふうだが、バスにのる前にいった、ぼくの好きなパイク・プレース市場《マーケット》では、西洋の絵本にでてくる魚みたいな鯉幟を売っていた。

かえりのバスはトランスファー（乗換券）がつかえるからタダだそうだ。復路《かえり》につかえる乗換券なんて、はじめてきいた。ただし、一時間以内にかえってくる場合だとのこと。バス代はダウンタウンのなかはタダ。ふつうは五〇セント、遠いところはラッシュ時は九〇セントだが、このときは七五セントで、マリとぼくで一五〇セント。安く遊んだわねえ、とマリは言う。

評論家のあわや・のぶこさんが結婚してシアトルに住んでいる。前日、あわやさんに名刺の裏に地図を書いてもらい、大学地区にあるアパートにバスでいった。シアトルのワシントン大学は有名だ。キャンパスもひろい。あわやさんのアパートはワシントン大学からほんの二ブロックほど。

八アヴニューのぼくのアパートをでて、坂をくだり、ダウンタウンの三アヴニューの郵便局の前から七番のバスにのった。東京では都電がなくなったあと、都電の路線をはしってた屋根の上にポールがついた電車バスだ。こちらではトロリーカーという。れいの三〇五番のバスも、この郵便局の前からのったし、ほかにいくつか大学地区（University District）にいくバスがここからでている。

七番のトロリーカーは右にまがってパイク通りにはいり、長い坂をのぼりだした。ぼくのアパートのほうに逆もどりだ。これをあがりきるとブロードウェイの通りになる。

ブロードウェイという名の通りはたいてい町のまんなかにあるが、このブロードウェイはダウンタウンからはなれている。海べのリゾート地に似た感じがあり、若者がおおく、かつては反戦運動家や、あか（REDS）、ゲイの通りと言われたらしい。でも、くらい感じはない。あかるく、はなやいで、でもなにか閑散としている。

パイン通りとの角はエジプト劇場。毎年、ここで映画祭をやるそうだ。去年のニホンからの参加作品はMAKIOKA SISTERS。「細雪」のことだ。この英訳名はこちらでは有名らしい。

エジプト劇場のむかいは、いろんな催物をやるBroadway Performance Hall。すこしいくとBroadway Community College もある。直訳すれば地域大学とでもいうのだろうか。シアトルだけでも七つぐらいコミニティ・カレッジがあるという。あわや・のぶこさんにきいたところでは、ニホンの短期大学と専門学校のあわさったようなものとか。もっとも、縫い物とかケーキつくりのクラスもあるとかで、やはりニホンの専門学校あたりとはちがう。

コミニティ・カレッジは入学資格がやさしいそうで、ニホンの留学生がふつうの大学にはいるまえに、コミニティ・カレッジで英語の勉強なんかをしてもいいのではないか、とあわやさんは言う。コミニティ・カレッジの単位《クレジット》を認めてくれる大学もあるそうだ。あわや・のぶこさんのアパートは大学通りと平行した一五アヴェニューにある。アパートのよこが通りをへだてて Grand Illusion 劇場。有名なフランス映画「大いなる幻影」の名をとったコーヒーハウスのうしろのミニ映画館だ。あわやさんのアパートには、あるいてはいれる、シングル・ベッドぐらいはおけそうな walk-in closet があった。窓もついてるクロジットだ。さて、なんと訳すか。

四

グレイハウンド長距離バスのターミナルはデポ（DEPOT）という。今、ぼくはサンフランシスコにいるが、南太平洋《サウス・パシフィック》鉄道の駅もやはりデポとよんでいる。三〇番のトロリーカー（バス）の終始点で、ちいさな駅の待合室に黒人の女性がなん人も、ただじっと腰をおろしている。列車を待ってるわけではなさそうだ。

三〇番のトロリーカーはサンフランシスコの繁華街をとおり、スタックトンのトンネルをぬけて、チャイナタウンの八百屋、魚屋、肉屋がならぶ雑然とした通りをすすむ。おなじチャイナタウンでも、お土産屋《みやげ》がおおい観光コースのグラント街の通りとはちがう。長い電気ノコギリで豚肉をばんばんさばいてるのが見えたりする。

はなしがもどるが、シアトルのグレイハウンドのデポからカナダのバンクーバーにいった。バスにのってる時間は三時間とか三時間半とかきいていたが、五時間ぐらいかかった。途中、いくつかの町によったからだ。ある町のデポでは三十分ちかくバスはとまっていた。そのとき、インディアンの大男にタバコを三本やった。二本やろうとしたら、箱から三本でてきたのだ。こういう連中はジェントルマンにタカったりはせず、ぼくみたいな同類にタバコやコインをくれという。それを見て、同行のマリはおかしがる。

カナダの国境の税関・入管で、メキシコ系らしい若い女のコと男のコがひっかかった。メキシコ系にしては、ふたりとも青白い肌だが、緊張した青白い顔はかわいそうだった。若い二人は国境にのこった。どこかへ強制送還でもされるのだろうか。そんなことでも、バスは時間がおそくなった。

いつものことだけど、バンクーバーでのホテルはきまっていなかった。ただし平気でいるわけではない。やはり、ニホン国内のどこかの町にいくのとはちがう。それに、クルマを運転して、あちこちホテルを見てあるくというわけにもいかない。去年も、おなじころ、友人のクルマでバンクーバーにきて、あちこちホテルをさがした。

空港などには、無料の電話のホテルの案内がある。ただし、空港の近くだけのホテルとか、イモっぽいホテルがおおい。しかし、バンクーバーのデポでは、これできめるよりしかたがないみたいだった。この電話の無料案内をマリが見つけ、ホテルもマリがえらんだので、ぼくは気がらくだった。だれでも自分でえらんだものには、あまり文句を言わない。ごくたまに、女房と旅行したときなどの、女房の旅館やホテルへのインネンのつけかたには、ほんとにうんざりした。マリは若い女のコだから、そんなでもないか。

ホテルの名はパトリシア。今ではエレベーターのなかは禁煙がふつうなのに、どでっかい灰皿がある。もちろん古いホテルだ。部屋の窓から見おろすと、なにをするところなのか、大きいがぼろっちいむかいの木造の建物に、服装のわるい男たちが、うろうろ出入りしている。こんな界隈のホテルのほうが、ぼくはいいのだが、部屋の窓から見えたことは、マリにはだまっていた。

ホテルの裏のほうでソフトボールをやっていた。わいわい、けっこうにぎやかな応援のひとたち。ところが、それとうしろむきにベンチに腰をおろしてる皮膚がくろっぽいオジさんもいた。黒人ではない。シアトルでもインディアンがおおかった。ただし、黒人もそうだけど白人と混血してないインディアンなんて、たいへんめずらしいのではないか。

ソフトボールの野球場のよこを左にまがると、ニホン商店の看板がちらほら見えた。ただし、まだ陽ざしがあかるい午後七時すぎだけど、店はみんなしまってる。このあたりは、古いニホン町なのではないか。バンクーバーのニホン町もにぎやかだったはずだ。こういうニホン町はみんなさびれてきている。さびれるというよりも、シアトルもそうだが、往年のニホン町はなくなってしまってる。

その通りをほんの三分ぐらいあるいて、あれあれ、とぼくはおもった。通りは石レンガになり、それが古びた石レンガで表面が摩滅し、通りぜんたいが微妙に波うっている。通りの両側の建物も古い。

「ねえ、ここはガスタウンじゃない！」とマリがいささか興奮した声をだした。バンクーバー発祥の地、とガイドブックなどにでてるところらしい。

オーストラリアのシドニーでも、発祥の地のロックスというのがある。古い石造の建物などが見られ、これがブティックなどに改造されてるが、こんなのは、ぼくはなにも興味はない。でも、マリはうれしがり、ロックスのほんとにせまい路地の毛糸屋で毛糸を買ったりした。

サンフランシスコもケーブルカーの終点近くに、もとのチョコレート工場の建物をちいさなファッションの店などにつくりなおしたところがあって、ニホン人の女のコをよく見かけたりする。ぼくがここにくるのは、トイレがあるからだ。

バンクーバーのガスタウンでは、タウン・パンプという店にはいった。気取った店ではない。キャバレーという看板もでていて、あとでは生演奏《ライブ》をやるらしい。ただし、ぼくは飲んだり食ったりするとき、音楽や踊りはいらない。おしゃべりのじゃまにもなる。

まず、この店の特別のサラダを注文した。びっくりするほど大きな皿で、赤いピーマンにセロリもあり、チーズがおいしい。

シーフッド・チャウダーはカニ・エビ・アサリ・マッスル（むらさき貝）などのほか魚の身もはいっていた。トマト味。いろんな魚やエビなどのフライのバスケット。フライの身がどかっとおおきいと食欲がなくなるが、これは、わりとこまかく盛りあわせてあった。それに、土地のモリソン・カナディアン・ビール。ドライの白ワイン。

バンクーバーは港町だから、シーフッドは名物なのだろう。まずまずのシーフッドだった。「シーフッドがたべたい」というニホン人の若い女性に外国の町であい、ふしぎな気がしたものだが、バンクーバーの発祥の地ガスタウンでは名物のシーフッドを、みたいなことがガイドブックに書いてあるのかもしれない。

つぎの夜は、やはりガスタウンの「ブラザーズ」という店にいった。若いウエイターたちが、袖が長く、裾も大きくひろがった修道院の僧衣を着ている。ここは昔のカトリックの寺院か修道院の跡なのだろうか。兄弟《ブラザーズ》たちとは坊さんの仲間のことだろう。こんなのは観光客相手のイモ店だが、イモをきらうのもイモ、とマリは理屈をこねた。

　やはり、サラダと野菜スープを注文したが、見たところよりおいしい。昨夜がシーフッドだから、とリブ・ステーキをたべたけど、なんだか中途半端な味だった。マリがつくるリブ・ステーキは、肉のジュースがたっぷりで、あくまでもやわらかい。翌日にたべ残したつめたい肉までがやわらかい。これは、マリの料理のしかたにもよるのだろう。もちろん、気にいった肉屋をさがし、肉をえらぶ。

　このサンフランシスコでも、マリはチャイナタウンでいい肉屋を見つけた。きのうも、マリはこの肉屋でアイ・リブを買った。そして、なぜ目《アイ》リブなのか、と肉屋の中国人のおかみさんにたずねた。肉屋のおかみさんはアイ・リブステーキの肉をとりあげ、ぶらさげて肉模様を見せ、「ほら、骨がなくて、目《アイ》のかたち」と胴切りの肉模様を指さきでぐるっとゆびさした。

　アメリカのステーキはかたくてマズい、などとしたり顔で言う紳士や女性は、どうして自分でやわらかくておいしいステーキをつくってみないのだろう。しかも、肉の値段はやすい。ホテルでは料理なんかできないというのも、どうかしている。一日でも二日でも、キッチンつきの部屋は借りられる。もっとも、ぼくも自分でステーキなどつくるわけではないが、マリというい料理人が見つかった。

そもそも、かたい肉料理はまずいという考えがおかしい。アメリカの人たちはステーキなどはニホン人よりもかたい肉が好きなのだろう。でも、とろとろにやわらかな肉料理もある。ギリシャ人なんかはほんとにかたい肉をたべる。アテネで毎日のようにたべていた子羊《ラム》チョップは、ちいさなてのひらぐらいのおおきさで、皿の上におとすと、ほんとにカチンと音がした。このかたいラムチョップを嚙みしめながら、土地のワインと強烈な酒ウーゾを飲む。町角の店で買って、あるきながらたべた、ニホンのヤキトリに似ている串焼きも、肉を嚙んで串からぬきとるのになんぎした。ともかく肉がかたいのだ。ギリシャでは、かたい肉・おいしい肉ってことなのだろう。

バンクーバーではスタンレー公園の動物園と水族館にいった。スタンレー公園はバンクーバーの市街のはんぶんぐらいの広さがある。動物園は無料。水族館は四・五ドル。キラーホエールのショウを見る。鯨殺し《キラーホエール》という名のこいつは六、七メートルぐらい。でもクジラそっくりで、あざやかな白と黒のツートーン。お腹《なか》がぷりんとまるく、色もかたちもクジラのオモチャみたい。だけどでっかいオモチャで、こいつが芸をする。ぼくが小学生だったら、さっそくこの鯨殺し《キラーホエール》の鳴声の真似をしただろう。

SEA OTTER がグイダックをたべていた。SEA OTTER はラッコ。RIVER OTTER、HARBOUR OTTER なんかもいてカワウソに似ている。シアトルの港の水族館にもラッコがおり、おもしろかったが、ラッコはほんとにおかしい。グイダックのことは前に言ったが、大きな貝殻からでたペニス状の身が十センチから十五センチぐらいはある貝だ。きのう、チャイナタウンの魚屋でグイダックを買い、新宿ゴールデン街での飲仲間とユニオン広場《スクエア》の近くでぱったりあったので、ぼくたちのアパートで飲んだ。グイダックの貝殻のなかの身は、佃煮ふうに鹹《から》めにからっと煮て、貝殻からにょっきり長くでたところは刺身にし、その新宿の飲仲間とマリとぼくの三人でたべたが、はんぶんだけ刺身にしたのがあまった。グイダックひとつで、十人前ぐらいの刺身ができるのではないか、とマリは言う。

　ところが、バンクーバーの水族館のラッコは、そのグイダックを、両手ではさんで腹の上にのせ、長くひっぱりながら、ぐいぐいたべていく。ぼくたちが三、四日かかってたべるグイダックを、二つ三つ、つづけてたべてしまう。ラッコが大食漢だとはしらなかった。ただし、グイダックの身だけで貝殻はなく、貝殻をうちつけて殻をこわし、なかの貝の身をたべるというラッコのたのしみがなくてかわいそう、とマリはバンクーバーの水族館のラッコたちに同情した。

　マリが料理をしてくれ、そのかわり、ぼくが動物園や水族館にマリといっしょにいく。このくらいのギブ&テイクはしかたがあるまい。へんなギブ&テイクだな。

　バンクーバーではバスのストライキが三か月もつづいてるとか。バスがうごかないと、ぼくなんかはほんとうにどうしようもない。サンフランシスコでも、バスのストライキでつまらない毎日をすごしたことがあった。これから行くさきの町のバスがストライキかどうかは調べようもないしさ。

スタンレー公園からは町の中心部をとおりぬけ、あるいてホテルにかえった。この三年ぐらい両足ともしびれてるし、なさけない。

バンクーバーからシアトルへのバスのキップを買ったが、こちらにくるときのバス代とだいぶちがうようなのだ。そのはずで、バスのキップ代といっしょに、出国税を七・五ドルとられてるのをマリが発見した。

ニホンでも成田から出国するとき空港使用料というのを二五〇〇円とられる。これはかなりの金額だ。出国税などとらない国の人たちなどは、不当なことだとおもうにちがいない。こういうことこそ、国の恥じゃないのかなあ。

バンクーバーからシアトルまでのバスは約三時間。くるときのほぼ五時間とはたいへんな差だ。バンクーバーのグレイハウンドの駅《デポ》で十分もはやく発車した。オーストラリアのシドニーでも二十分はやく長距離バスが発車した。外国の長距離バスは、運転手から目をはなしてはいけない、とよく言われる。

バンクーバーのデポで、バスが発車する前、小柄な女性の運転手が柱についた電話の受話器をとびあがってとり、たぶんディスパッチャー（運用係）に電話した。その受話器をもとにもどすときはどうするのか、とマリといっしょに見ていると、またとびあがって受話器をおき、ふたりで拍手した。

シアトルのデポでは、バスが発着するところはGATEだったが、バンクーバーではBAYとよんでいた。湾のベイだ。

シアトルからサンフランシスコにくるのに、航空会社でその日の航空券はないと言われ、こまってしまったが、宇和島屋のよこの日系の広告代理店にいくと、いくらでも空席はあるそうで、しかも料金もぐんと安くなった。朝はやくや夜の九時すぎの航空券だと、そのまた半額ぐらいになるという。

サンフランシスコでは、いつものホテル・ビクトリアに泊った。「天下為公」と孫文の書の額がかかってるチャイナタウンの入口の門まで百メートルぐらい、下のスタックトンの通りのトンネルへ、コンクリートの階段をおり、すこしいくと、サンフランシスコのダウンタウンの中心のユニオン広場《スクエア》で、まことに便利なホテルだ。

ただし、ちっぽけな風采のあがらない建物で、ホテル・ビクトリアではなく、ホテル・バクテリアと悪口を言う者もあった。ところが、れいのI・B・M事件のニホン側スパイたちは、なん億という金をつかいながら、ぼくが好きなこの安ホテルに滞在していた。ニホンの会社スパイたちは、なんとつつましいことだろう。プールのないホテルに泊ってるスパイなど、はじめてきいた。大陸の野山に露営して馬をすすめた、日清・日露戦争時代の軍探（軍事探偵）とあまりかわりがないのではないか。ただお国（会社）のために艱難《かんなん》辛苦《しんく》をしてさ。

おどろいたのは、そのホテル・ビクトリアがすっかりかわっていた。ぼくが知ってるニホン人のホテル従業員はいなくなり、たったひとり夜の十一時から朝の八時までの深夜勤《ナイト・ポーター》がのこってるだけで、さみしがっていた。香港資本がこのあたりの土地・家屋を買い占めてるとかで、このホテルも中国人の経営になったときいた（でも、オーナーは日系人とか）。中国人の団体客がはいっていて、夜の十二時ごろ火災報知機が鳴り、「火事《ファイア》！」と団体客がさわぎ、マリもパジャマのまま自分の旅行スーツケースを廊下にひっぱりだした。でも、ぼくはベッドに寝たままでいた。マリがフロントに電話すると、たったひとり残ったニホン人の深夜勤《ナイト・ポーター》が、「中国人の団体客がエレベーターのなかの火災報知機のボタンをおすんです。しょっちゅうなんです」としずかにこたえたという。マリが廊下にだしたスーツケースは、だいじなものどころか、ほとんどなにもはいっておらず、火事場のバカ力ってほんとなのね、とマリはおもったそうだが、スーツケースがからならば、かるいのもあたりまえだ。

ぼくたちはホテル・ビクトリアをでて、名物のケーブルカーがはしってるパウエル通りの丘の上のアパートにうつった。この丘をむこうにくだるとチャイナタウン。

きのう、チャイナタウンの魚屋ではグイダックと蟹を四匹買った。青蟹で、旬《しゅん》には中国人がたいへんに珍重する上海蟹の種類かもしれない。カニどもはハサミをふりたてて暴れ、つかまえて、ビニールの袋にいれるのに苦労した。

シドニーにて

日曜日なので、ウインヤード駅も、改札のあたりをとおりすぎると、ほとんどひとかげはなかった。いや、だれもあるいていなかったかもしれない。

そして、ぼくは、いそいで、駅のトイレにはいった。ぼくは、さいしょの食事のあとは……それが、もう、お昼ごろになることもあるが……やたらにトイレにいく。ぼくが泊っているウエントウォース・ホテルからこのウインヤード駅までは、あるいて、せいぜい五分ぐらいだろう。たったそのあいだに、またトイレがもたなくなるのだ。

トイレのなかも、もちろんガランとしていた。そして、各トイレのドアにはVACANT（空き）という文字が見えるのに、ドアのノブをいくら、ガチャガチャやっても、どのドアもあかない。ぼくはあせった。コトはすでにあわやという状態になっている。

こんなふうなので、旅行をしてるときなどは、たいへんにこまる。こまるくせに、こうして、ふらふら出かけてくる。ぼくは、いわゆる旅行好きではない。旅行好きな方々と、先年、中国に旅行したりして、そういう方々としばらくいっしょにいたから、ぼくなどは、けっして、旅行好きではないことがわかる。ただ、つい、こんなふうに、ふらふら出かけてしまう。

OCCUPIED（入ってます）のトイレのドアがあかないのはしかたがないとして、（空き）があかないでは、どうしようもない。

だが、ぼくは、ロンドンの地下鉄の駅のトイレで、こんなふうにVACANT（空き）という文字がでてるのに、ドアがあかなくて、こまったことをおもいだした。

コインをいれなければいけなかったのだ。そう言えば、（空き）の文字の下になにか書いてある。しかし、ショルダーバッグに手をつっこみ、老眼鏡をさがす余裕すらない。でも、説明文のなかに、なんだか二という数字があるようだ。ぼくは小銭《コイン》入れから、一セント玉をとりだそうとした。一セント玉一コは見つかった。しかし、あと一コが……。と、もうあせるどころではなくなってるときに、トイレの奥に男がいるのに気がついた。トイレはガランとし、だれもいなかったのに……また、この男は、ぼくのあとからトイレにはいり、ぼくのうしろをとおっていったともおもえない。

それはともかく、トイレの奥にこつぜんとあらわれた男は、こちらに近づき、なにか言っている。トイレのなかには、ほかにはぼくひとりしかいないから、あきらかに、ぼくに近づいてるのだ。

服装もよくない中年の男だ。トイレット↓という矢印にしたがってあるいてきた駅の通路にも、だれもいなかった。くりかえすが、トイレのなかは、この男とぼくと二人きりだ。この中年男は、ぼくに金でもセビろうとしているのか？　ぼくは、オーストラリアには、はじめてきた。そして、シドニーに着いて、さいしょの日だ。オーストラリアは治安のいい国だとはきいていたが、シドニーは大都会で、外国のほかの都市で、チンピラにナイフをつきつけられたことも、二度ばかりある。

だが、その服装のわるい中年のオジさんは、ぼくをおどかすようではなく、なにか、しきりに、ぼくにおしえようとしているのだった。あとで考えたことだが、このオジさんは、英語がうまくしゃべれなかったのではないのか。

シドニーの町でバスにのっていると、よく、英語以外の言葉をきいた。中国語、イタリア語、ギリシャ語、ドイツ語、そのほか、どこの国の言葉かわからない言葉……。ニホンみたいに自国語ばかりしゃべっている、とくに大都市は、世界じゅうでもないのではないか。

このオジさんは、コインをいれなくてもあいてるトイレが、そこに（奥のほうに）あるよ、とゆびさしておしえてくれてるのだった。

ぼくは、サンキュー、と大声で言い、オジさんは中年にしては皺のおおい、いささかくたびれた顔で、なにかえんりょがちにほほえみ……そんなことも、ただちらっと見ただけで、ぼくは、オジさんがゆびさしたトイレにとびこんだ。

そして、なんとか間にあい、ふうーっと大きなため息なんぞをついて、考えてみたのだが、ぼくがトイレの部屋にはいっていったときには、やはり、だれも……このオジさんもいなかったのだ。それが、どうして、こつぜんとこのオジさんの姿が、トイレの部屋の奥のほうにあらわれたのか？

この謎《ミステリ》は、ぼくが（空き）のドアの前であせっていたとき、このオジさんは奥のほうのトイレのなかにいて、だから、姿が見えなかったのだった。

そして、出てきて、ぼくに、そのトイレのドアは、まだあいているよ、とおしえてくれたのだ。

前は（昔という言葉がいやなので）飲屋などで飲んでいて、トイレにいき、さきのひとがオシッコをしてるのを、うしろに立って待っていて、つまり先客とオシッコの交替をするとき、ぼくは、「射手交替！」とどなったりした。陸軍の歩兵が軽機関銃の射手を交替するときに、こんなふうに言ったのを、オシッコにモジったのだ。

しかし、今では、飲屋のトイレで、ぼくが「射手交替！」とどなっても、わらいだすひとはいない。みんなキョトンとしてるか、なにをどなられたのかとおどろいている。

それはともかく、このオジさんは、自分が出てきたばかりのトイレのドアは、まだあいてるよ、コインなんかさがして、つかわずに、ここにはいんな、とおしえてくれてるわけで、射手交替ではなく、ウンチ交替だが、こういう親切はありがたいものだ。ほんのちょっとした親切みたいだけど、トイレだから臭《にお》うわけではないが、人懐っこいにおいのする親切だ。

トイレのスツールに腰をおろし、おもいだしたが、ロンドンの地下鉄の駅のトイレの部屋で、やはり、ぼくが、（空き）のトイレのドアをガチャガチャやりながら、あせっていたときも、このオジさんみたいではなく、服装のキチンとした紳士《ジェントルマン》がやってきて、「それは、コインをいれなきゃダメなんだよ」とおしえてくれた。

そのときは、このオジさんとちがい、ちゃんとした英語だったかもしれないが、ぼくがあせっていたためか、また経験のないことなので、「コイン？　一《ワン》ペニイ？」などとききかえしているうちに、その紳士《ジェントルマン》は自分のポケットから、一ペニイ玉を（二ペニィだったかもしれない）だして、穴のなかにいれ、ぼくはトイレにとびこんだ。

ぼくが、ただあせってるので、ロンドンのこの紳士は、自分の金をだして、いれてくれたわけで、たいへんな親切だが、これも、心やさしい、人懐っこい親切だ。

こんどは、ぼくは、小銭《コイン》入れをだして、一セント玉をさがしていたのだから、ドアのあけかたはわかっていたけど、そんなゼニをつかわなくっても、おれが出たトイレは、まだドアがあいてるよ、とこの服装《なり》が粗末なオジさんはおしえてくれたのだった。

このオジさんだって、ぼくが、ショボクレた中年の貧乏ったらしい東洋人に見えたのだろうが、くりかえすけど、こういう親切は、ほんとにうれしく、ココロが和《なご》む。

カンタス航空の直行便で、成田空港からオーストラリアのシドニーにやってきた。途中、グアム島やニューギニアのあたりをとんだらしい。地図で見ると、まっすぐ南下してるようだ。

シドニー空港についたのは、日曜日の早朝だった。ぼくが泊ったウエントウォース・ホテルは、ダウンタウンの中心みたいなところにある。ダウンタウンを下町と訳してはいけない。ダウンタウンは、大きな会社や銀行、官庁などがあるビジネス・センターのことや繁華街のことをいう。

ぼくがいるウエントウォース・ホテルのとなりは、カンタス航空の本社だし、前は、シドニーが州都のニュー・サウス・ウエールズ州の州庁で、州知事がいる。すぐむこうは、ひろびろとした王立植物園で、植物園のみどりの芝生をくだると、海になる。

このホテルがあるところは高台で、つまりは山手《やまのて》だが、ホテルのうしろのほうからくだっていくと、ほんの三、四分で、ピット・ストリート、そして、ジョージ・ストリートというシドニーでもいちばんの繁華街だ。繁華街もつまりはダウンタウンで、ぼくは両方の完全な意味でのダウンタウンにいたことになる。

日曜日の朝、ウエントウォース・ホテルにつくと、ぼくはビールを飲んで寝た。そして、昼すぎにおきて、ホテルの地下の「ラスト・トレイン」というレストランで食事をした。お盆をもって、「あれ」なんてゆびさして料理をついでもらうセルフ・サービスのレストランだ。

白身の魚のフライに玉ねぎにトマト、色がくろい女のコに、「キャロット？」ときかれ、ブルル、と首をふった。子供のころから、「人参をたべなさい」とあちこちで言われてきた（ぼくの両親だけは、そんなことは言わなかった）。

この女のコは色がくろいと言っても、そんなにくろくはなく、でも、白人でも東洋人でもない。オーストラリアの先住民なのか、それとも南太平洋のどこかの島からきた女のコか？

ともかく、はじめてオーストラリアにきて、そのはじめての食事に、「キャロット（人参は）？」なんておどかされたんでは、ブルっちまう。

しかし、たいていのひとは、子供のときは人参がきらいでも、大人になれば好きになったりする。ところが、ぼくは、精神的にもオトナになっていないせいか、食べ物も子供のときのままで、人参はきらい。タマゴとジャガイモが大好き。

これから、毎日、朝食は、この「ラスト・トレイン」でたべたが……たべたあと、また寝たり……フライド・エッグもスクランブル・エッグも、まあまあだったけど、ベーコンはおいしかった。

ぼくはずっとシドニーにいたけど、いっしょにオーストラリアに来た日本交通公社の方々や写真家の山崎光弘さんなどは、ほとんどオーストラリア全土をまわられたのだが、あちこちで、ぱりんぱりんにフライド・アップしたベーコンばかりをたべてたという。あんなベーコンも、すぐぽろっとおれるおセンベみたいでおいしくおもうこともあるが、このベーコンはてきとうなやわらかさでいい味だった。

だいたい、オーストラリアは肉が名物で、お土産にステーキ肉を買ってかえる人がおおい。生ハムもおいしくて、やはりオーストラリアの名物になっている。

「ラスト・トレイン」の朝食のジャガイモは、ちいさいけど、丸ジャガだった。新ジャガみたいな、ちいさな、まるいやつが、あっさりフライしてある。だから、なかがほっかりして、まことにうまい。

今どき、丸ジャガのフライド・ポテトなどたべさせるところが、ほかにあるだろうか。どこでも、みんなフレンチ・フライド・ポテトになってしまった。ずっと前に、ぼくは、アメリカン・フライド・ポテトというのはたべてたことがある。ジャガイモをはんぶんに切ってフライにしたものだ。これも大きいので、なかのほうがほっかほっかして、おいしかったが、今では、アメリカ人でも、アメリカン・フライド・ポテトという名前さえしらないものがおおい。

「ラスト・トレイン」というのは、最終列車ってことだろう。個室になったファースト・クラス（一等客室）があり、すこし高くなった二等客室もあるが、ぼくは、名前のない並等のテーブルで、いつもたべていた。貧乏人根性というものだろう。

さて、シドニーに着いたその日、ぼくはホテルの地下の「ラスト・トレイン」で食事をすると、おなじ地下のトイレにいき、繁華街のほうに坂をくだり、ウインヤード駅はどこかたずねて、そして、駅のトイレをさがし、トイレにとびこんだというわけだ。

しかし、ぼくがウインヤード駅にいったのは、もともとはトイレのためではなく、バスの定期《パス》を買うためだった。外国の都市には、公共の市内バスなら、どれにでものれる定期が、たいていある。

シドニーにも、一週間と三か月のバス定期があった。だから、ぼくは、一週間のバス定期を二度買った。

ウインヤード駅は、地下鉄や通勤列車の中心のようになっていて、駅のうしろのほうには、バス停のベンチの列が、ほそ長い公園のようなところをはさんで、二列に長くのびている。

一週間のバスのキップ（じつは、定期みたいに大げさなものではなく、すこし紙は厚いが、ふつうのキップの大きさだった）を買ったぼくは、さっそく、バスにのった。もちろん、どこにいくバスかはわからない。

ところが、やがて、バスの窓から海が見え、フェリーの桟橋みたいなのがあったので、バスをおりた。一週間のバスのキップには、バス・フェリーと書いてあるから、このキップでフェリーにものれるのかもしれない。

フェリーはいくつかあるようだが、ぼくがバスをおりたところのまんまえの桟橋に船がついていたので、改札にいき、キップを見せると、「オーカイ」と言った。オーストラリアの、そしてイギリスでも、オーケーはオーカイになる。

フェリーが出航すると、右手に、みょうなかたちの建物が見えた。一つの建物ではなく、建てかさね複合した建物みたいで、ちいさなひとの姿がいっぱい見える。日曜日なので、ホテルのあたりはまるでひとかげがなかったが（ふつうの日は、けっこう人どおりがおおいことが、あとでわかった）ここには、うんとひとがいるようだ。たぶん、遊園地みたいなところだろう。

と、おもったのだが、だいぶあとになって、これは、シドニーの有名なオペラハウスだとおそわった。パリでもイタリアのミラノでも、オペラハウスは壮大だが古めかしい建物で、それがまたいいのだが、シドニーのこのオペラハウスは近代建築で、海の中に突出した場所に、貝殻をかさねたかたちでつくったのだそうだ。もっとも、そんなことはしらないでながめていたぼくには、貝殻のかたちには見えなかった。だったら、なんのかたちかときかれても、ただ、みょうなかたちに見えただけだ。このオペラハウスをつくるのには、十年かかったという。シドニーの名所になってるらしい。メルバという、世界的な大ソプラノ歌手は、オーストラリア生まれだったんだなあ。メルバは一九三一年に死んでるが、今でも、オーストラリアはもちろん、欧米ではメルバの名前をしらない者はあるまい。

さて、フェリーの右手のみょうな建物（オペラハウス）の前をとおると、軍艦が見えた。シドニーはオーストラリアでも最大の軍港なのだろう。でも、軍艦の数はそんなにおおくない。そして、そのなかでもいちばん大きな艦《ふね》は、軍艦にはちがいないのだろうが、どう見ても、大きな客船のようなのだ。あれは、いったい、どういう軍艦なのか？　兵員輸送用の軍艦なのか？　このミステリは、いまだに解けない。

フェリーは、右手のへんなものに近づいた。ちいさな島みたいだが、ぜんたいが石造の建物になっている。その建物のかたちや色など、また、島（？）ぜんたいの感じから、ぼくは、サンフランシスコ湾のアルカトラズ島をおもいだした。アルカトラズは、もとは有名なアメリカの連邦刑務所で、こんなふうに、島ぜんたいが刑務所になっていた。

いや、その建物のかたちが、いくらかアルカトラズ旧刑務所の建物に似てると言っても、そっくりではないけど、なにか、アルカトラズ島をおもいださせる。

フェリーがもっと近づくと、さきに古めかしい石造の塔があり、灯台にもなってるように、そのうしろに、やはり石造の平屋のほそ長い建物があるが、窓のならびかたが、きちんとそろいすぎている。おそらく、刑務所の独房か兵舎みたいに、おなじ大きさの部屋がならんでるのだろう。どの窓も、ぴしっとしまっている。ところが、先端の塔のほうにいちばん近い窓の外に、洗濯物が干してあるのが見えた。あそこには、だれかが住んでるのだ！

あとで、この島(?)のことを、日本交通公社のシドニー事務所長の塩沢博さんにたずねると、もとは、シドニー湾に侵入してくる敵艦にそなえてのフォートで、サンフランシスコ湾のアルカトラズ島みたいに、囚人を収容する刑務所としてもつかったということだった(でも、アルカトラズ島よりは、だいぶちいさい)。

フォートとは砦《とりで》ってことだろう。敵艦を迎え撃つ海上の砦なのだ。しかし、敵艦というのは、いったい、どこの敵艦か？　太平洋戦争のはじめ、ニホン海軍の特殊潜航艇が、このシドニー湾にはいってきてるが、そのときでも、この海上の石の砦は古びたものだっただろう。

その敵艦というのが、ロシアの軍艦だときいて、ぼくはびっくりした。ロシアとこのオーストラリア、シドニーとは、地球のはしからはしみたいに遠いところではないか。そんな遠路はるばる、ロシアの軍艦はオーストラリアに攻めてこようとしたのか？　だいいち、オーストラリアとロシアと、どんな戦争する理由があったのだろう？

このフェリーも、もちろん、どこにいくフェリーかわからない。ヨットが、たくさんはしってる。十人ぐらいのってるヨットもいる。ところが、フェリーが着き、桟橋をでると、動物園正門行のバスがあった。みんな、ぞろぞろそのバスにのる。このフェリーは動物園(タロンガ動物園)行のフェリーだったのだ。

日曜日に、しらないでのったフェリーが動物園へ……ぼくは、ひとりでわらった。

動物園の入口に、ペットは入場禁止、と書いてあったのがおかしかった。ペットを一匹つれて、動物園にはいったのに、出てくるときは、ペットが二匹になっていた、なんてことではこまるとおもったのか。それとも、逆に、ペットをつれて動物園にはいったのに、出てくるときは、そのペットがいなくなってたとかさ。動物に食べものをやらないでください！

カンガルーがいた。オーストラリアにきて、カンガルーがいた、とおどろいちゃいけない。ぼくは、カンガルーは褐色だとおもってたが、グレイがかった、いい毛なみをしている。

そばにいた若い男に、「このカンガルーは、ふつうより大きなカンガルーか？　それともちいさなカンガルーか？　ふつうのカンガルーか？」とたずねたら、「ふつうのカンガルーだ」とこたえた。ふつうのカンガルーは……うーん、ふつうのカンガルーの大きさだった。

ペンギンみたいだが、まっ黒で、首が鵜《う》みたいにほそく長く、羽根にちょっぴり白いところがある、まことに優美な姿の鳥が、ぼくがあるいてる道を、ゆっくりよこぎった。

ライオンは人造の岩の上にのんびりからだをのばし、雄も雌も昼寝をしていた。ライオンの昼寝……。アフリカ・ライオンと書いてある。そういえば、アメリカ・ライオンってやつもいるもんな。オーストラリア・ライオンは……オーストラリアは猛獣はいない国であります。

オーストラリアにいく、とぼくがしゃべったら、作家の川上宗薫さんが、あそこはハエがおおいぜ、と言った。ほかのひとたちからも、おなじことをきいた。しかし、季節にもよるかもしれないが、ぜんぜんハエはいなかった。動物園なんてところは、ハエがおおいところだが、この動物園にもハエはいない。

モウモウ、という声がするので、そっちにいってみたら、牛がいた。ふつうの牛だ。ふつうの牛がいる動物園はめずらしい。さすがは、オーストラリアは牧畜の国か。ついでに、ふつうのニワトリもいた。

いろんな、きれいな、めずらしい小鳥がいる。ハワイでも、動物の数はすくないが、いろんな種類の小鳥はたくさんいるとのことだった。オーストラリアも小鳥の宝庫なのかもしれない。

動物園の下のほうから出て、海を見ながら、坂道をくだり、新しくつくってる桟橋のほうにいくと、釣りをしてるひとがたくさんいて（しかし、ニホンでいうたくさんではなく、ちらほらたくさん）そのなかに東洋人の夫婦と子供がおり、ニホン語をしゃべっていた。

シドニーには中国人がおおい。繁華街のジョージ・ストリートからはいったところに中国人街《チャイナタウン》みたいになってるブロックもある。中国人はたくさんあるいてるし、中国の映画館もある。バスにのってる中国人もおおい。ぼくは、毎日、それもなん回もバスにのったが、バスのなかであったニホン人は、たったひとりだった。

ところが、釣りにいくと、よくニホン人にあうらしい。どうも、釣りをしてる中国人は、ほとんどいないようだ。中国本土では、釣りをしてる中国人はいくらも見かけたが、どうして、オーストラリア（シドニー）の中国人は釣りをせず、ニホン人は釣りをするのか？

さて、このニホン人夫婦と子供が釣ってたのは、ちゃんとした小鯛だった。「これ、どうやって、食べるんですか？」と肉づきのいい奥さんにきいたら、「から揚げにしたりするんです」とこたえた。

ある夜、塩沢さんご夫婦に、まことに優雅なレストランでごちそうになった。パディングトンというところだそうで、テラス・ハウスとよばれてる、二階にテラスのある古風な住宅などがある、しずかな界隈だった。

この店も、大きな住宅をレストランにしたらしく、そんな家がまえで、看板もだしていない。おとなりは英国教会だ。

メニューは手書きで、その日の料理のメニューを、料理長《シェフ》などが、手で書くらしい。ぼくには、まるっきり料理のことなどわからないので、ウエイトレスとウエイターに説明してもらい、これぐらいのほそ長い魚で、嘴《くち》がこんなにほそくとがっていて……というのを注文した。そのとき、ちいさな目もついている、とウエイターがひかえめにわらったのを、おもいだす。

戦後すぐのアメリカのマンガに、振袖姿のニホンのお嬢さんが、ドウゾ、とさしだした皿の上に、鯛みたいな魚がのっていて、その魚がギョロリと目をむき、客のＧ・Ｉをにらんでおり、Ｇ・Ｉがとびあがって、おどろいているのがあった。アチラの人たちは、目玉がついた魚は怖いのだ。しかし、ぼくはニホン人だし、魚にちいさな目玉ぐらいくっついていても……とウエイターはおもったのか、いや、今気がついたが、「しかし、この魚には、ちいさいけど、目玉がついてますが、よろしいですか」とウエイターは親切に言ってくれたのかもしれない。

でてきたのは、サヨリだった。まさか、オーストラリアでサヨリをたべるとはおもわなかった。もちろん、外国でサヨリをたべるのは、はじめてだ。ムニエール風の料理だが、粉は見えないようで、フライパンに油をしいて、さっと焼いただけかもしれない。かるい、あっさりした味だった。

ここはフランス料理店で、看板もだしていないくらいだから、シドニーでも、それこそしるひと（だけ）はしる、いい店なんだろう。塩沢さんの奥さんのお皿には、四角く、ひらったい、フランスのお菓子みたいなかたちをしたものがのっていたが、これも、すこしいただいたけど、つめたく、おいしい料理だった。

料理の名前ぐらいメモしとけばよかったのだが、大きなグラスで飲む白ワインもおいしく（白ワインと赤ワインではグラスもちがう）たべるのにいそがしく、あいすみません。

あいだに、お口直しの、きゅーんとレモンがすっぱいシャーベットがでて、お代りのぼくの料理はロースト子羊《ラム》の薄切りだったが、ただローストしただけではなく（あるいはローストはしないで）あれこれ煮たものだろう。

塩沢さんの奥さんのつぎのお料理はトラウト（にじます）の身をいっぺんほぐして、なにかにつつんだものだった。

塩沢さんは、大きなお皿いっぱいの蟹のハサミをたべている。この蟹のハサミは、すごくぶっといようだ。

さて、デザートだが、ニホンでは、ぼくはデザートはたべない。だいいち、デザートなんかでる店にはいかない。また、対談や座談会などで、料理のあとに果物のデザート（どうして、芸もなく、メロンがおおいのか）などがでてもたべない。

ところが、この店のデザートのスフレはおいしかった。スフレをデザートにするなら、スフレをつくるのに時間がかかるので、食事がはじまる前にうかがっておきたい、とウエイターが言うので、ぼくは、塩沢さんご夫妻がスフレならば、ぼくも、とうなずいたのだ。

じつは、ぼくはスフレという名前はきいたことがあっても、どんなものかもしらなかった。ウエイターがもってきたスフレは、タテ十五センチ、直径十センチぐらいの大きな陶器のポットのまま焼いたもので、ポットの上に、さらに六、七センチ、半円形のドームをつくり、焼きふくれている。

こんがり、きいろいタマゴ色。タマゴのにおいが、ほのぼの、やさしくにおってくる。味も、まことにあわい、やさしい美味さで、ノンベエのぼくの舌にも、自然にとけこんだ。

子供のときから、ジャガイモとタマゴが大好きだったぼくだが、デザートで、こんなすばらしいタマゴ・スフレをたべるとはおもわなかった。

スフレというフランス語の意味はいろいろあるだろうが、この場合は、ふくらます、ってことだろう。

だから縁日の綿菓子、また泡菓子なんてものもあるから、スフレは、ふくらまし焼のお菓子ってことになるのか。

ふんわり、ふっくらふくらますのはむずかしい。ケーキもふくらましかたがむずかしいから、ケーキはつくりにくい。クッキーやパイならば、それこそ素人でもできないことはないが、ケーキはそうはいかない。ずっと前、ぼくが米軍の炊事場《キッチン》で料理用のストーブマンをやっていたとき、なにかのことで、ストーブの隙間から外の空気がはいり、ケーキの表面が一筋、そこだけへこんでしまい、うんと叱られたことがあった。

スフレはケーキどころではない。ただふくらますことだけみたいなものだ。だから、タテ十五センチ、直径十センチぐらいの陶器のポットに、またその上に六、七センチの円屋根《ドーム》をのっけたこのスフレでも、しかも、ごちそうをたべたあとで、ぼくのお腹におさまった。このスフレがとくべつにおいしかったのは、もちろんのことだけど……。

つまり、スフレはそんなにデリケートなものなので、お客の前にだしたとたん、いや、焼きあがって、お客のところにでないうちに、ぼこん、と陥没してしまったりするそうだ。

とにかくぼくは、これからも、こんなにおいしいスフレをたべることはあるまい。くりかえすが、だいたい、ぼくはデザートはたべない。外国のレストランで、どうしても、デザートを注文しなければならないときは、甘いもののかわりに、ブランデーや、フランスではカルヴァドス（リンゴ焼酎）も、デザートのかわりに飲んだことがある。

ぼくは、ずーっとシドニーにいたが、オーストラリアは、お酒飲みにはいいところだろう。あちこちに酒場《パブ》がある。イギリス本土では、パブとサルーンがわかれていたが、シドニーでも、サルーンという看板は見かけたが、すくなかった。気楽に、みんないっしょに飲んでるのだろう。

ほとんどの人がビールを飲んでいる。オーストラリアのビールは大壜で、度が強いという評判だけど、そんなビールも、もちろん、毎日、ぼくは飲んだが、今では、アメリカふうの度がすくないビールがよく宣伝されているようだ。

着いた日の夜、ジョージ・ストリートのパブで、ショウ関係のひとたちといっしょになった。そのほか、ストリートの名前もわからないところで（ひとにきけば、すぐわかることだが、めんどくさいので）バスでおりては、パブで飲んだ。パブは十一時でしまるのだが（日曜日はあいてるパブはすくなく、十時まで）昼間でもあいている。

ニホンの夏はオーストラリアの冬で、繁華街のショーウインドーには、冬物《ウインター》セールの看板がでていた。そんなふうなので、日が暮れるのもはやく、ある夕方、ピット・ストリートのフェリー乗場にもウインヤード駅にも近い、ひろい歩道に、たくさんのひとが（これは、もう、ほんとにたくさん）むらがっており、なんの集会をしてるのかとおもったら、パブにあふれた人たちが、歩道に立って飲んでいたのだった。もちろん、パブのなかも、ひとでいっぱいだ。ここは、オフィス街で、飲んでいるのは、背広をちゃんときたオフィス勤めのひとたちだが、一軒の酒場で、歩道にまであふれて（歩道にも百人以上はいただろう）こんなにたくさんのひとたちが飲んでいるのは、たいへんにめずらしいことだ。

シドニーに着いた日から、ぼくは、すぐ友だちができ、いろんなひとたちに、よくしてもらった。

ぼくがいたウエントウォース・ホテルからはあるいてすぐのニッポン・クラブの佐野さんご兄弟にも、親切にしてもらい、ごちそうになった。ここは、とくべつのクラブで公共機関にだけ許されるスロット・マシンも、ずらっとならんでいて、昼間でも（じつは、昼間のほうが客がおおいのかもしれない）常連らしい白人の客がたくさんいた。

ここで、ヌタと切干大根の煮たのを、ごちそうになった。切干大根は、新宿の「まえだ」でよくたべてるけど、シドニーのニッポン・クラブの切干大根のほうが、味がよくしみていて、格段においしい。

キスの刺身、マグロの刺身、オニオン・リングがついたテリヤキ・ステーキ。このオニオン（玉ねぎ）は、まことに玉ねぎっぽい味で、テリヤキ・ステーキは、なにしろ、オーストラリアは肉が名産だ。

また、カキフライもでたが、ぼくはもう食べすぎてるのに、おいしかった。シドニーでぼくがたべたカキは、ややちいさいけど、なかなかの味で、ニホンからいっしょにきた、カンタス航空の炭谷さんやアンセット・オーストラリア航空の高沢さん、オーストラリア政府観光局のスティーブ・ルパージさんや、日本交通公社の方々と食事をしたときの生ガキも、ソースもよかったし、ほんとにおいしかった。

ニッポン・クラブのすぐそばのマーチン・プレース駅から二階建の列車（地下をはしるのに、なぜ地下鉄でなく、列車《トレイン》なのか？　ああ、二階建の地下鉄はないもんな）にのると、つぎの駅がキングス・クロスで、ここは、ほんとの歓楽街だ。

もちろん、女もいるし、ここの日本料理店「スキヤキ・トウキョウ」の板前さんの長沼さんに、あれは男のコですよ、とおしえてもらわなければわからないくらい、美い女もいた。

長沼さんとママの法子さんには、ほんとうにお世話になった。あんまり、あれこれお世話になり、ごちそうになったので、おぼえられないが、マンボウの刺身、とくにマンボウの煮たのはおいしかった。刺身はやわらかいが、煮ると、身がちりちりっとなって、歯ごたえがいい。マンボウをたべたのは、もちろんはじめてだ。

また、まっ黒な長い棘《とげ》のある生きたウニを、そのまま、身をとりだして、ごちそうになった。ぼくは、生ウニは甘いのであまりたべないが、これは、ほんのりあまく、おいしかった。ぼくが身をすっかりたべてしまっても、ウニはまだ生きていて、黒い長い棘をつっつくと、ぴくんとうごくのは、かわいそうだったけど……。

長沼さんと法子さんには、どこかの海辺の（ローズ湾あたりか）レストランの、ほんとに海ぎわのテラスで、写真家の山崎さんもいっしょに、ごちそうになった。ぼくがたべたのは、エビや貝、そのほかいろんな魚の身のクリーム煮で、陶器のポットにはいっていた。ポットのままの蒸し焼なのかもしれない。こんなのは、ナイフやフォークをつかうのがへたなぼくにはたべやすく、おいしかった。

山崎さんと、ボンダイ・ビーチにもいった。ここはシドニー湾の外で、波もあり、サーフィンをしてるひとたちがいた。オーストラリアはサーフィンの名所なのだ。

キングス・クロスでは「ナゴヤ」という店にもいき、カウンターにすわり、鮪ヌタで、白ワインを飲んだりした。長沼さんの店「スキヤキ・トウキョウ」でも、白ワインを、いつも飲んでいた。

シドニーにきて、いちばん意外だったのは、オーストラリアのワインがとってもおいしいことだった。とくに、ぼくは、白の辛口《ドライ》のワインが好きだった。ぼくだけではなく、ほかのニホン人も、オーストラリアのワインのおいしさにはおどろいていた。

シドニーは大きな町だ。毎日、バスにのってまわっても、ぼくなら二か月ぐらいかかるだろう。フェリーにのって、シドニー湾の北の入口のマンリイにもいった。ほかのフェリーにものり、フェリーをおりて、またバスにのったりもした。

シドニー湾の奥のほうにかかってるハーバー橋《ブリッジ》をわたり、いわゆる北シドニーにもいった。ここにも、「スエヒロ」と「都」という日本レストランがむかいあってたっている。

ぼくが、タロンガ動物園にいった、と、あるパブではなしたら、「コワラ・ベアはどうだった？」ときかれ、「コワラ・ベアってなんだい？」とききかえしたら、シドニーの動物園でコワラ・ベアを見なかったのか、とわらわれた。オーストラリアだけにいるめずらしい動物らしい。カモノハシも見てなくて、叱られた。

ともかく、シドニーは、ぼくにはとくべついい町だった。こんどは十日間ほどいただけだが、このつぎは、もっと長く、ふらふらしていたい。でも、ぼくがこんなにたのしいおもいをしたのも、みなさんのおかげで、みなさんにお礼をもうします。

ボンダイ・ビーチ

シドニーのボンダイ・ビーチにいる。ここは世界的に有名なビーチだ。シドニーはふたつの奥深い湾から町ができたのだろう。いまでは、空港がある大きなボタニイ湾のほうまでも町はひろがっている。

深い湾にはまたちいさな湾や入江、そして海がほそ長く町のなかや丘のあいだにはいりこんでいる。そんな湾や入江が無数にある。こんなに海となかよくしてる町はほかにはない。うんと大規模なベニスみたいだが、海の上の町だけでなく、丘があり山があり、海を見おろす丘や山がいく重にもつづいたりする。

町の中心のウインヤードのバス乗場からいちばん北のパーム・ビーチまでいくバスが北シドニーの町のなかをとおりぬけ、いくつものビーチや断崖をはるか下にながめたり、そのすぐそばや断崖の上をとおったりして、ついに両側に海が見え、岬のさきのパーム・ビーチにつくまで二時間はかかる。

南のほうだって、バスをのりついで、湾と岬とがえんえんとつづく深い湾の入口の岬のすぐ内側はワトソン湾《ベイ》、そしてローズとダブル湾《ベイ》。ここは海にのぞんだシドニー一の高級住宅地で、ちいさいがしゃれた湾《ベイ》などもあるようだ。救助《ラッシュ》カッターズ湾《ベイ》、そのおとなりはエリザベス湾《ベイ》で、ここにもぼくは住んでいた。エリザベスという名前どおりの、ヨットがならんだ優雅な湾だ。ぼくがいたフラット（アパート）のすぐよこは海のそばの公園で、トイレの両側にハイビスカスの大木があって、赤い花を空高く咲かせていた。海にむかったベンチが三つ。だが夏のすばらしい日でも、公園にはほとんど人気はなかった。

このあたりからは、深い湾のむこう側に、有名なタロンガ動物園のあたりが見える。でもはるかかなただから、そんなにはっきりは見えない。エリザベス湾《ベイ》から坂道をあがっていくと、盛り場のキングス・クロスで、ショートスカートの若い女が通りにたっている。

湾《ベイ》と湾《ベイ》とのあいだには岬があって、バイクとかポイントとか名前がついてるが、エリザベス湾《ベイ》のむこうはポッツ岬《ポイント》で、ここはオーストラリア海軍の本拠地で軍艦が見える。それをこすと細長い矩形の入江のウールームールー。そして大きな丘の公園があり、町の中心部（セントラル）になる。

シドニーの町のセントラルの始点はフェリーがでるサーキュラ・ケイだろう。循環埠頭って意味か。タロンガ動物園のほうにいくフェリーもある。深い湾のむこう側のいくつかの湾をまわり、ちいさな船着場によっていくフェリーもある。

フェリー乗場に近い、シドニーの発祥の地と言われる古い石畳のロックにある日本食品店の壹番館でマヨネーズを買った。外国のマヨネーズは甘ったるくて口にあわない。外国の町にいったとき、まっさきに買うニホン食品がマヨネーズだというのはおかしい。

シドニーの町はひろい。深い湾と無数のちいさな湾、南太平洋に面した南北のビーチをひっくるめて、とても、そのぜんぶをはなすことはできない。

深い湾の南側の入口ワトソン湾とは反対側の外洋のギャップ岬の断崖から、南太平洋のタスマン海を南にくだってくる、シドニーの町を百分の一ぐらいにほそ身にけずりとったところだけを書いても、ボークルーズ、ドーバーハイツ、北ボンダイ、このボンダイ、タマラマ、ブロンテ、クローベリへ、クージイ、南クージイ、マルーブラ、マラバーのビーチ。そしてバンクス岬をボタニィ湾にまわりこんだ、外洋とはちがって静かなラ・プルーズの入江。それぞれのビーチには町がある。

そのなかでも、このボンダイ・ビーチはアメリカやヨーロッパからもたくさんのひとがやってくる。いまが真夏なのだ。ニホンとシドニーの時差は一時間だけど、こちらは夏時間だから実際は二時間の差だが、冬が夏になるので、半年と一時間の時差だ、とぼくはおもってる。

ボンダイ・ビーチは右手の丘の高いところからカーブをえがいて通りがくだってきて、ビーチと平行してはしり、また、別の建物のあいだを通りはまがりながらあがっていく。

左右の岬の丘のはしは岩の断崖で、南太平洋の波が断崖にぶちあたっては白くくだけている。ビーチは左右の岬にだかれて長くのび、サーフィンをするひとや、このところカヌーを漕ぐひとたちが目立つ。

そんなビーチのまんまんなか、海にいちばん近い建物の最上階の四階の海に面した角の部屋にぼくはいる。角の部屋なので、リビングルームもべつべつの方角に二つの広い窓、寝室にまで広い窓があって、部屋をぐるっとかこんだレンガのテラスにあるいてでられる。海のほうにまともに面したテラスだけでも、となりの三倍はある。

気恥ずかしいくらい眺めはよく、あきずにビーチと海と左右の岬とはるかな沖合をながめている。「金のない貧乏人が、ときどきまちがってこんな豪華なところに住むのよねえ」とある女のコが悪口を言ったが、そのとおりだろう。

ビーチの砂浜のこちらは広い芝生で、あざやかなグリーンがひろびろとのびている。その芝生の上で赤褐色の犬がカモメをおいかけてる。それでいて、ビーチのさわがしさみたいなものはまったくない。テラスで鳥の声はしても、ひとの声はきこえない。

ビーチの照明ポールのあいだの沖合を船がいく。シドニー湾にはいっていく船だろう。

陽はあかるく、ビーチいっぱいに陽はあふれてるが部屋のなかは涼しい。シドニーの全地域のバスのパスをもってるので、行先はかまわずにバスにのり、かえってくると海にうかんで、夜はビター（エール）とジンを飲んでいる。

シドニーのみどり

バス停が木の片すみにたっている。ぼくはバスを待ちながら、木のカサのなかで梢のほうを見あげた。

首のホネがみしみし音をたてた。これだから、オジイはいやになる。首のホネが音をたてるだけでなく、目まいがした。あーあ、高いところをふりあおぐこともできない。だから、オジイは背をかがめてあるくのか。

頭の上で木の枝や葉がかさなりあっている。どのあたりが木のてっぺん近くなのかもわからない。

ところが高いところの枝と葉がざわめいて、ブルーのちいさなものがきれぎれに見えた。実のないブルーのもので、「あ、空だ」とおもった。

木の枝と葉がまたざわめき、葉から葉になにかがすばやくすべりおち……光の水玉《ドット》だった。きらきら光り、葉と枝とのあいだを、あっという間にすべりぬける。ドットそのものも光ってるし、光のしぶきをあげ、まわりをあかるく映しだす。

だが、一瞬のことで、また頭の上は木と葉にとざされて、ぼくはくらい木のカサのなかにいる。と、枝が身をくねらせ、葉と葉がもみあいすれあって、またドットがこぼれる。一直線に、すごいスピードでつきすすみ、するどい光の水流をつくる。それこそ水玉をはじきとばしながら……。

光のドットは、ふりあおいだぼくの頭にもスプラッシュし、目が見えなくなる。枝と葉のさわぐあたりから、もっともっとさきに梢はあるのか。梢から上は、実のないブルーのつまりひたすらに天なのか。

バス停がその片すみにはいっているような木だから、大きな木だろうが、巨木という感じではない。

そんな木が通りのはしにならんでいるのだ。つまりは並木なのか、通りには歩道があって、歩道の両側に木がたっている。ふりあおいでも梢は見えない。高い大きな木だけど、木の巨木がそびえたってるというふうではない。おなじような木が、通りにはならんでるんだもの。図体はでっかくても、なにか若々しい。木の片すみのバス停で、みんみんみん、とまわりいちめんをつつむような音もきいた。夕方、バスを待ってるときだった。

その音につつまれて、お湯にでもはいるように、しばらくぼんやり、その音にひたっていた。あとで、ぼくは「セミだよ」とつぶやき、その声にひきだされるみたいにまわりのみんみんの音が、はっきりセミの声になった……なんてのは映画のシーンみたいだが、そんなふうだった。

いまは、ニホンでは冬のいちばん寒いときだ。成田空港では、雪のために発着便がおくれていた。しかし、南半球のオーストラリアは真夏で、セミの声はあたりまえのことだが、やはり「あれ?」とびっくりする。

毎年のようにオーストラリアにくる。そして、シドニーには、いつも一か月以上はいる。シドニーは大きい二つの湾でできてるところで、この湾にそれこそ無数のちいさな湾や入江、岬がある。こんなに海となごやかに抱擁しあってるような町は、世界じゅうでもめずらしい。

町のどこにいっても海辺があり、木々がそよぎ、みどりの芝生と花壇が見られる街だけど、ときどきひょいと首をひねる。

はじめは、なんで首をひねるのか、自分でもわからなかった。でも、ごくたまに町をでたときに、はっと気がついた。

並木でさえも、あれだけ大きく、空高くそびえているのに、町をでるとみどりがあさい。お萩だな、とぼくはおもった。それも、まわりにつけるアンコを節約した、うすべったい感じのお萩だ。

お萩とボタモチのちがいについての論争ははてしがなく、地方によって名称がちがうだけで、おなじものだとか、いやアンコの量、アンコのつけかたがちがうとかやかましい。とにかく田舎ふうに、こってりアンコがついたボタモチみたいではない。いや、町をはずれたところのみどりがさ。そのみどりがアンコのたりないうっすりしたみどりに見えたのは、たとえば列車にのっていて遠くからながめたときのことで、そばによるとみどりは草ではなく、たいていひくい灌木だった。灌木が生えてる地面も、石がごろごろしていたり荒れている。

じつは、そんなのは町をでたはずれたあたりで、もっと町からはなれると灌木もすくなくて岩ばかりだった。

旅客機でとびたったときは、もっとはっきりしている。町の空港を離陸すると、わずかにみどりが目について、すぐ砂色のひらったい地肌になる。

高い空の上から見おろしてるからそんなふうで、実際はそれこそ岩がごつごつ、地面もたいらではなくけっこうでこぼこがあるのかもしれない。

砂漠なのだ。オーストラリアが、こんなに砂漠がひろいとはしらなかった。砂漠ばかりだと言っていい。そして地図で見ると、昔かたぎのバーテンダーがハイボールをつくるときに、ちょいと指さきでひねるレモンピールぐらいのちいささで、砂漠のはしの海ぎわに町がある。シドニーもメルバン（メルボルン）もそうだ。

だから、砂漠の大砂原のなかで、ほんのわずか、町のなかだけにみどりがある。逆にそこだけみどりがそだったところに町ができたのかもしれない。

バス停がすっぽりはいり、高々とそびえて枝や、葉が風にざわめく大きな通りの木にしても、みんな人々がそだてたものなのだ。

町をでると、畑や野原、樹木が生えた山々があるニホンとは、まるで逆だ。それにしても、ニホンの都会のみどりのとぼしさはどういうことだろう。もともと、みどりをそだてるかわりに、みどりを刈りとって町にしたため、みどりとは害草みたいにおもってるのか。

惚れ薬は何処

ロンドンのヒースロー空港につくとすぐ、ワゴン車がストラットフォードにむかった。午前五時。街灯のほかはまっくらだ。ロンドンは大都会なので、ロンドンの家並をぬけるのに、しばらく時間がかかる。

ストラットフォードはロンドンの北西約百マイルとか。シェークスピアが生まれた町で、その生家がいまでもあるという。ロンドンにはなんども滞在し、去年の夏も一か月以上いたが、シェークスピア生誕地のストラットフォードには一度もいったことがない。

うすくらがりの野原がひろがっている。まっ平らではない。ゆるやかな起伏だ。アメリカのカリフォルニア州にも砂漠があるが、そんなはてのないひろがりではない。ときには豊饒な恵みをあたえ、だが、ときには荒れくるって、根こそぎひとの命をうばっていく、モンスーン型の自然と和辻哲郎が、「風土」のなかで書いているような自然ではない。草も樹もおぎょうぎよく、おとなしい自然。草も樹もきちんと人間に管理されているような自然。でも、自然だってことはかわりなく、うすぐらいのでわからないが、夜露に草は濡れ、かすかに息づいてるにちがいない。

野原といっても牧場や牧草がはえたところ、それに畑もあるかもしれない。それに、ところどころ、樹がかたまっている。ただのみどりのスロープも。

ワゴン車がいく通りのほとりの牧場で、ちっこいのがうごいていた。馬や牛にしてはちいさい。羊だった。子羊が生まれるシーズンだそうで、生まれかけた子羊がお尻からはんぶんぐらいつきでたまま、はしりまわってるおかあさん羊もいるそうだ。子羊が生まれることをラミングという、とワゴン車のハンドルをにぎっている江見和子さんからきいた。子羊はラムだもんね。その子羊がもうかわいくて、と江見さんは女性らしく、感にたえないように言った。

浩宮さまが留学していたオックスフォードの町のてまえからクルマが混んできた。くらい通りにヘッドライトをつけた出勤のクルマだろうか。どこの国でもお勤めの人はごくろうだ。アメリカの工場は、六時ごろから仕事をはじめる。だから、ほんとにまっくらななかで出勤していく。そのかわり、午後の三時すぎには仕事がおわる。だから、午後のラッシュの時間がニホンとはだいぶちがう。イギリスでもやはりそうだろうか。

オックスフォードの町なかはさけて、町をとおりこす。クルマが混んでるといっても、たいしたことはない。去年の八月十七日、ロンドンからアムステルダムにいくため、ヒースロー空港にむかっているとき、いくらかクルマが混んだことがあった。この日がヨーロッパでのフットボールの開幕日だった。

チャーチルのお城というのがあった。タバコと同じ名前のマールボロ公爵のお城だとか。門からはるかかなたに建物が見える。もっとも、たとえば佐賀のお殿様の鍋島侯の渋谷松濤のお邸は、かつては東急本店あたりに門があったというから広大なものだった。ただし、チャーチルのお城のほうが建物はりっぱかな。

スロープのうえのちいさな城塞みたいな家の窓が、だいだい色にぼうっと光っている。こんな家でも農家なんだろうか。ひとつの窓だけでなく、そちら側の窓はみんなだいだい色だ。

「陽がのぼってきたわ」

江見さんが言った。江見さんはバックミラーを見たのだろう。ふりかえると、大きな、まっ赤な太陽がワゴン車のまうしろに、はんぶんすがたをあらわしていた。ま昼のはなやぎはなく、まだ朝露にとじこめられて、おしだまっている樹や草のしずんだみどりのあいだから、ぬっとでているまっ赤な禿げ頭。でも、これもまっ赤な色はあざやかだが、光をまきちらしているわけではない。それでも、スロープの上の家のだいだい色に映えてるのか。夕日で赤くそまった窓ではなく、昼間のきらきらかがやく窓でもなく、朝のしじまのだいだい色の窓。

ストラットフォードのシェークスピアの生家は木造の建物で、いまでものこっているけど、貴族のお城といったものではない。木造としては大きな建物かもしれないが、天井がひくく、建増しをして部屋が増えていったような感じがする。シェークスピアの父は半農半商で、このあたりでは有力者で町長もやったことがあるという。

ストラットフォードの町にはシェークスピアが勉強したという学校があって、おどろいたことには、いまでもこの学校にかよっている生徒がいる。この学校も、シェークスピアのころのままの建物は、ぼろっちく貧弱に見える。くりかえすが、貴族のお城や大寺院などの宏壮さはなく、そんなところが、垢くさいようで、ぼくにはおもしろい。

でもシェークスピアの生家というのが、いまでものこっており、誕生児にたいする洗礼が一五六四年四月二十六日という記録もあるので、シェークスピアが生まれたのはその数日まえとおもわれて、（だいたい四月二十三日、てことになってるようだ）シェークスピアがかよったという学校もあるのに、シェークスピアは哲学者フランシス・ベーコンの別名だとか、いろいろ説があり、謎の人物みたいにされているのは、どういうことか。

つまりは、ストラットフォードの豊かな半農半商の家に一五六四年の四月二十六日のすこしまえに生まれた男の子と、いろんな有名な芝居を書いた男とは別人だということだろうか。ただし、別人だという説も根拠がうすいらしい。

おかしいのは、シェークスピアが生まれた家というのはこうして残っているのに、シェークスピアがロンドンをひきあげて、故郷にかえり、このあたりで住んで、このあたりで死んだはずなのに、どこに住み、どこで死んだかというのがわからないのだそうだ。そんなことからも、シェークスピアの謎がでてくるのだろうか。

ストラットフォードでは、シェークスピア劇をやるヒッポトローム劇場なんかより、そのすぐちかくの共同トイレが印象的だった。なにしろ堂々としているのだ。それに緻密な壮麗さなどではなく、なんだか間がぬけている。プロデューサーの石坂さんが、「まるでローマ風呂だな」と言った。

シェークスピアの「真夏の夜の夢」のなかに媚薬がでてくる。それをしらべに「テレビムック」の撮影隊が、まずストラットフォードにいったのだ。ぼくはレポーター。

この媚薬は、小田島雄志さん訳の「夏の夜の夢」では〈恋の三色スミレ〉となっている。原文ではたしか“Love in Idleness”で、やはりカッコにはいっていて冠詞はなかったような気がするが、だいぶさがしたが原書が見つからないので、かんべんしてください。

ま、そんなことで、ストラットフォードの町まで出かけ、シェークスピア・センターで媚薬のはなしをきいたりした。“Love in Idleness”は、そこいらの庭に自然にはえているスミレの類らしいが、そんなものがはたして媚薬になるかどうか。シェークスピアは、ものぐさな恋、というそのスミレのなまえがおかしくて、媚薬にしたのかもしれない。たしかに、媚薬というのはものぐさだ。ぼくみたいなナマケモノには、かんたんでいい。このものぐさな恋の〈恋の三色スミレ〉のジュースを眠っている者のマブタにポトリと一滴おとしておけば、目がさめて、最初に見たモノを恋するという。そんな媚薬、惚れ薬があったらなあ、とぼくのように女性と縁がない男はどれだけおもっただろう。

ストラットフォードからロンドンにかえる途中、やはりまっ赤な大きな太陽が、みどりの草と樹、みどりのスロープのむこうにしずんでいった。ワゴン車がはしっている、ほぼま正面だ。まだうすぐらいなかで太陽がのぼってきたときも、クルマはまうしろだった。だとすると、太陽はおなじ方角からのぼり、おなじ方角にしずんでいくことになる。太陽は、東からのぼり、ま反対の西にしずむのではないか。それなのに、この太陽はのぼるのとしずむ方角がいっしょで、ほんのわずかな角度がズレているにすぎない。これは、このあたりがニホンにくらべて、たいへんに緯度が高いためか。

「夏の夜の夢」の〈恋の三色スミレ〉は、どうやら名前だけの媚薬のようだった。ヨーロッパでは、昔から有名なスパニッシュ・フライという媚薬がある。ニホンならばイモリの黒焼というところだろうか。

スパニッシュ・フライ、スペインの蝿は、じつはハエではなく、ニホンではまめはんみょうというらしい。イタリアやスペイン、北アフリカの諸国にいるという。おかしいのは、スペインでは〈イタリアの蠅〉とよんでるそうだ。

ユーストンの研究所の医学史研究のナットン博士をたずねる。この研究所はロンドン大学医学部の裏で、ナットン博士は医学部の学生にも講義をしている。

媚薬、惚れ薬をさがしての旅が、意外にマジなことになってしまった。これからも、たいへんにマジメ路線で、ぼくはびっくりした。

ユーストンには、まえに長く滞在し、去年の夏一か月以上ロンドンにいたときも、ユーストンのホテルがふりだしだった。じつは、なん年かまえ、マンチェスターから列車できて、ユーストン駅でおり、駅の近くでホテルをさがしたのが、ユーストンとなじみになるさいしょだった。

このあたりのホテルはロンドンの中心部にくらべると部屋代が安く、またわりとしずかだ。

ロンドンの繁華街ソーホーのセックス（ポルノ）ショップで買った惚れ薬スパニッシュ・フライをテームズ河に近いモイヤー&ボルグレイブ科学分析所で検査してもらう。この検査がとおらないと、薬品などの販売は許可にならないそうだ。

スパニッシュ・フライから抽出した成分は、カンタリジンだという。ぼくたちがあった研究員はジェレミー・ウトンさんで、数日後に検査の分析の結果がでたが、どんな結果だとおもいます？　ゼロ。カンタリジンなんかまるっきりはいってなかったのだ。

ついにスパニッシュ・フライをさがしてスペインへ。マドリ（マドリッド）についた夜、カメラマンの浜田さんとさっそく道にまよい、ひろい暗い通りのバーで飲んだ。ほかの客の真似をして、一リットルはたっぷりはいるピッチャーに生ビールをついでもらって、各自のグラスにわけて飲む。このほうがうんと安い。小皿にのせ楊子をそえてでてきたアサリの剝き身に感激する。少し酸っぱく煮たアサリだ。味はともかく、外国にもこんなお通しがあったことに感激した。

スペインでおぼえたスペイン語はたったひとつ。セルベッサ。ビールのことだ。このあと、浜田さんとどこへいってもセルベッサ。ロンドンでは、あちこちのパブで、少し黒いビター（エール）を飲んだ。

マドリでは、まずジプシーの集落をたずねた。舗装などしてないしめった土地で、靴が泥だらけになった。こんな荒地みたいなところに、蒙古のパオのような家がたっている。円形の建物だが、段ボールとかアルミ板とか廃物をよせあつめてつくったのだろう。ジプシーたちは、公共の施設にいれられても逃げだして、自分たちでかってに、こういうところに住んでるのだそうだ。

台所の流しや便器がたくさんならんでいる。とりこわしになる建物からひろってきたのだろう。こんなものを買いに来る客がいるのか。ぼくたちがたずねたジプシーの集落はマドリの郊外だったが、まことに荒涼とした風景だった。ロンドンの近くで見たみどりの草と樹、みどりのスロープといった、おとなしいみどりの風景ではない。土と岩がむきだしで、ごつごつした砂漠のようだ。スペインはヨーロッパのうちかどうかで、よく議論される。

マドリでは国立の自然科学博物館の館長とはなし、昆虫学者のアルトゥーロ・コムテさんにあった。小柄で、昆虫のことしか頭にないといった人だ。ここで、はじめて、標本だがスパニッシュ・フライを見た。せいぜい長さ五ミリぐらいのちいさな昆虫だ。このスパニッシュ・フライから抽出したカンタリジンは白い粉末状で、それはロンドンの科学分析研究所で見た。

マドリ大学の薬学部もたずねて、りっぱな標本室を案内され、薬学部の教授にもあった。そしてマドリの繁華街の大きな薬局で、スパニッシュ・フライからつくったクスリを売ってるのをしった。ロンドンのソーホーで買った媚薬と称するスパニッシュ・フライはなんにもはいっていないインチキ品だったが、これは、ほんとにスパニッシュ・フライのエキスのクスリだそうだ。

さて、そのクスリだが、おどろいたことに、発毛剤、養毛剤、毛生え薬だった。ぼくは若禿げで、女にもてず、てっとりばやい媚薬があったらなあとおもったが、そのころから名前は知っていた有名な西洋の媚薬のスパニッシュ・フライが毛生え薬とは。これはおかしなオチがついたもんだ。はるばるニホンからでかけてきて、イギリス、スペインとスパニッシュ・フライをさがしてまわったら、こんな皮肉な結果になった。

もちろん、さっそく禿げ頭にスパニッシュ・フライの水薬を塗りつけたが、ナベの底みたいに、なんにも生えてこなかった。スパニッシュ・フライの毛生え薬はダメだということではない。こちらの禿げ頭が年代も古く、おそらく無機物化してるのだろう。

マドリには丘がおおいというより、丘でできた町。テレビの撮影はとってもいそがしいが、その合い間にバスにのってあそんでる。ここがすべての起点だという広場から、一五番や二〇番のバスにのったり。かつてスペインは世界を制覇した。スペイン国内だけでなく、はるか南米のはてまでも、ここからの距離でかぞえられたのかもしれない。

マヨール広場の近くの飲屋さんの混んでる店はやたら混んでいる。長さ十センチたらずのエビを小さな皿にいれ、皿ごと火にかけて、ぶつぶつ似ているお通し。そんなものだけしか売ってない店が、ひとでごったがえしている。

ウナギの稚魚をオリーブ油で炒めたのはおいしかった。ウナギの稚魚がくっつきあっている。スペインの料理は塩味が、ニホンのノンベーにはあっている。ウナギの稚魚はほとんどまっ白だった。こんなものがたべられるのはスペインだけだとか。

やはりマヨール広場の近くの旧市街の「チョティス」というレストランで、名物のピラフと子牛のローストもたべたりした。パンもおいしいレストランだった。ワインをよく飲んだ。ニホンではほとんど飲まない赤ワインも。

サッカー場に近い、これもりっぱなレストランで子羊《ラム》チョップにオヒョウなんて、みょうなとりあわせの料理で、ウエイターが「自分の故郷のワインだ」とすすめてくれたロゼを飲んだ。季節は冬だが、よく冷えたロゼは喉とおりがいい。

スペインにれいのカブトをかぶった軍警察がいまだに空港あたりにいたのにはおどろいた。

バスにのっていてオシッコがしたくなってバスをおり、近くのバーにはいり、またセルベッサを飲む。

マドリからロンドンにもどり、ピカデリー広場のそばの中華料理店で紹興酒を注文したら、ワインを冷やすバスケットに、お湯をいれ、そのなかに紹興酒の壜がはいっていた。

たびタビの旅

午前四時半に、ロンドンのヒースロー空港についた。入国審査で一列にならぶ。いくつもの旅客機が同時についたときなどは、長い長い列になるが、一列だ。そして順番がくると、入国審査員のところへいく。入国審査員は十なん人もいることがあるが、その前に、それぞれ列をつくるのではない。くりかえすが、一列にならび、順番がくると、あいた入国審査員のところにいく。あの列にならんでおけば早かったのに、とおもうようなことはない。

　これは、銀行でも郵便局でもおなじだ。一列にならび、どこかの窓口があくと、そこにいく。まことに公平だ。こんなかんたんなことが、どうしてニホンではできないのか。銀行はともかく、ちいさな郵便局ではスペースがないということもあるかもしれないが、一列でなん重にもおれまがればいい。外の通りにまで一列にならんでるのも、よく見かける。なによりも公平、ということからきてるのだろう。ひとよりおそくなるのはいや、ソンをするのはおもしろくないのは、だれでもそうだ。でも、ひとよりもトクをするのもいや、ひととおなじで公平がいい、というヒマ人もいるはずだ。そんなひとがふえると、一列にならんで公平に順番を待つってことになるのではないか。

　税関の検査もなく、ヒースロー空港をでたのは午前五時ごろだった。まだ、まっくらだ。ホテルで一眠りかとおもったら、そのまま仕事にいくという。これにはびっくりした。

　ロンドンの西北のストラットフォードの町にいって、テレビの撮影なのだ。テレビは、ほんとにあらっぽい。ぼくはモノカキだが、作家に朝の五時からなにかさせるような出版社はない。講演旅行なんかでも、じつにゆっくりしたスケジュールだ。

　テレビの仕事をひきうけたらカクゴしなきゃいけない、とぼくはおもっている。ところが、テレビの人たちは、そのあらっぽさをふつうにおもってるんだから、ほんとにこまるし、めんくらってしまう。もっとも、モノカキだけがとくべつで、テレビにかぎらず、どこでもハード・スケジュールは平気なのか。

ストラットフォードの町でシェークスピアは生まれた。その生家も残ってるし、おどろいたことに、シェークスピアが勉強したという学校に、いまでも生徒たちがかよっている。もちろん、どちらも古い建物だ。

おかしいのは、シェークスピアの生家は、こうして残っているが、シェークスピアが晩年に住み、死んだ家は、この近くのはずだが、はっきりしないそうだ。

前にも書いたように、シェークスピアの父は、ひろく商売をやってた人で、あとでは、このストラットフォードの町長にもなったという。シェークスピアの生家は木造で、けっしてお城のようではないが、そのころの商人の家としては大きな家だったのだろう。家の中に店（オフィス）とならんでバーもあったという。

こんなふうだから、シェークスピアは子供のころから、いろんな人を見てきたのだろう。にぎやかなところでそだち、けっして孤独な子ではなかったはずだ。まだちいさな子供のシェークスピアが、まちのバーで飲んでるひとたちのあいだで、ちょろちょろしている姿を想像するとおもしろい。

ついでだが、アメリカのバーでは子供を見かけたりはしない。でも、イギリスやヨーロッパのバーには子供がいることがある。

アメリカは未成年者には、ぜったいに飲ませないし、リカーショップ（酒屋）でも酒を売らない。ニホン人の女性はすごく若く見られるから、身分証明になるものをもってないと、バーにもはいれず、酒屋でも酒が買えない。リカーショップは、オーストラリアやニュージーランドではボトルショップといい、たいていバーのうしろのほうにくっついている。

アメリカ西海岸の北のほうの町シアトルからフェリーにのり、ブレマートンにいったことがある。ここには海軍の施設があるが、そこから山ひとつこしたようなところに、戦艦ミズーリが係留されていて、見物することができた。戦艦ミズーリは戦争がおわったときのアメリカの太平洋艦隊の旗艦で東京湾での日本の降伏調印式も、この艦でやった。

一九四四年十一月に竣工した戦艦だが、ぼくたちが見物したあと、ロサンゼルスの郊外のロングビーチのドックにうつされて、核搭載などの工事をしており、近く現役に復帰するらしい。四十なん年もたった船が、また第一線にでるというんだから、まったくおどろく。船ってのはバケモノだな。

いや、娘二人と戦艦ミズーリを見たかえりに、ブレマートンの町でバーにはいり、娘たちはＩ・Ｄカードを見せろと言われて、もってないので、バーでは飲めなかった。娘は二人とも二十はすぎていたが、ダメだった。

ロンドンからマドリにいった。マドリッドのことだ。現地でもヨーロッパのほかの国でもマドリと言っている。マドリッドは英語読みだろうか。いずれ、ニホンでもマドリになるだろう。ただし、このいずれがなん十年かかるかわからない。ま、ぼくが生きてるうちはむりかな。

スペインにくるニホンの男性は、たいていその料理がおいしいと言う。でも男性だけで、女性からはそんなことはきかないのが、おかしい。

スペインの料理は、ほかのヨーロッパやアメリカの料理にくらべても、すこししょっぱい。なにか素朴な野趣のある味だ。それが、ニホンの男性、とくに酒を飲む男性の口にはあうのだろう。

ヨーロッパやアメリカの料理は、だいたい味がない。それにソースだかなんだかを、べちゃっとかける。あのべちゃっがいけない。ただの塩と胡椒でたべられたらいいのに、となんどおもったことだろう。

また、ソースがたいてい凝っている。つまり人工的な複雑な味だ。複雑な味は、いやみな味がおおい。そんなふうなので、外国の町にいても、レストランにいかなくなる。一か月も二か月もレストランにはいかないことがある。まずいものをたべる必要はない。

マドリについた夜、迷子になって、けっして高級ではないバーにはいった。そして、ワインとビールを飲んだのだが、アサリの剝き身のお通しがでた。すこし酸っぱくて、それこそ素朴な味で、おいしいというよりも、ニホンの飲屋みたいにお通しがでたってことがうれしかった。そのアサリの剝き身のお通しをいれた皿が、ちいさな皿だが、よこに長い皿のかたちをしており、それもおもしろかった。

マドリからロンドンにかえり、ヒースロー空港のわりと近くのアーリントンというホテルにとまった、おなじ名前の墓地がアメリカのワシントンにあったんじゃないかな。

かえりの旅客機がヒースロー空港をでるとき、エンジンにカバーをかけるので十分ほどおくれる、というアナウンスがあり、それからも、ちょいちょい希望的なアナウンスがあったが、二時間以上も待った。

アナウンスは乗客をだますつもりはなかったのだろうが、結局はウソをつきつづけたことになった。これは、どういう状況かを発表する、発表のしかたを根本から考えたほうがいいのではないか。

ふつうのひとは、ほんとのことをしらされるより、だまされつづけたほうが、かえって気がらくだってことは、実際にあるのかもしれない。だからと、ウソをつくのは、どういうものか。ウソも方便、なんていやな言葉だ。

パリやロンドンに直行便がとぶようになったらしいが、ふつうの旅客機はアンカレッジによる。アンカレッジの空港トランジットのバーは高い。ビールが三ドルだ。独占事業だから、かってに高くしてるのか。アンカレッジをとおるニホン人はおおい。アンカレッジの空港のバーが高いことは、ニホン人もワイワイ文句を言おう。東京サミットあたりでも、こういうことを議題にすべきだ。

ロンドンから東京にかえってきて、四日間うちにいただけで、オーストラリアのシドニーにむかって発った。なんともあわただしいことだが、べつに用があったわけではない。

テレビの撮影でロンドンやマドリにいったのは、ごく例外で、いつもなんの用もなく、ふらふらあそんでる。「取材もかねてですか?」なんてきかれるけど、ぼくは小説を書く取材など一度もしたことがない。ほかの作家とはだいぶちがうようだ。

さて、シドニーにむかって発ったのに、ぜんぜん逆の方角のソウルにいった。しかもソウルには六時間もいて、航空会社のバスで街に食事につれていってもらった。

そして台北にいき、香港で一泊した。香港では、いつも九竜側のホテルにとまる。政庁のある香港島にわたるフェリーがでる九竜のスター・フェリーから、たしか七番のバスにのり、終点はいまふうのショッピング・センターで、そのはずれの食堂街で粥をたべた。ちいさな食堂がならんでいて、そのあいだの路地にテーブルと椅子がある。

ぼくは、どこにいっても中国粥をさがす。こんどロンドンにいったときも、町のまんなかあたりで中国粥をたべた。パリでたべた中国粥には、消しゴムみたいなかたちのゼリー状のにこごりのようなのがはいっていた。あの正体はいまだにわからない。サンフランシスコのチャイナタウンでは三和という店で毎日のように粥をたべた。

米の粒が見えないくらい、とろとろに煮こんだ中国粥は、二日酔にはいい。トーストなどは喉をとおらない。

ただし、粥の看板はでていても、実際には売ってない店がおおい。横浜の中華街では有名な粥の店が二軒あるが、東京にはそんな店はない。また東京でもなんどか中国粥と称するものをたべたけど、ニホンふうの中国粥だった。

ハワイのホノルルではなく、ダウンタウンに中国粥のおいしい店がある。いつも塩豚がはいった粥をたべるのだが、素朴なハムみたいなこの塩豚には、いまのニホンにはない味がある。

中国粥だけのことでも、世界中あちこちのおしゃべりができる。アイルランドのダブリンでも、海をわたったリバプールでも、中国粥をさがしまわったが、ダメだった。

カナダのバンクーバーのチャイナタウンはサンフランシスコについで大きな中国人街だから、きっと中国粥の店があるはずだが、まだ見つからない。

シアトル、ロサンゼルス、サンディエゴ、みんな中国粥にはお目にかかっていない。

さて、やっとシドニーにたどりついた。ここもシティ・センター（ダウンタウン）のちょいとさきのほうにチャイナタウンがあり、中国粥もないことはない。

シドニーでは、有名なボンダイ・ビーチのまんまんなか、いちばん砂浜《ビーチ》と海に近い建物の最上階の四階のフラットを借りた。通りをへだてたむこうの建物が二十階ぐらいだから、四階建はぜいたくな建物だ。

それにぼくたちがいたフラットは、海に面した角の部屋三つで、テラスがぐるっととりまいており、となりのフラットのテラスの四倍ぐらいあった。

ここを一か月あまり借りていた。有名なビーチのあんまりいいところで、ぼくはひとにはなすのが恥ずかしかった。「貧乏人が、たまにまちがって、こんな豪勢な部屋を借りるのよねえ」とあるニホン人の女のコが悪口を言った。

ビーチのまんなかだが、鳥の鳴声はきこえても、浜べのやかましさはない。肉屋もすぐ近所に二軒、酒屋もちょいと角をまがったところ (just round the corner) だ。肉屋でオックス・テイルをまるごと一本買ってきた。一ドル九七セント。二七〇円ぐらいだろうか。大鍋いっぱいのシチューができる。

米もニホンのなん分の一かの値段だ。米には長い粒《ロング・グレイン》と短い粒《ショート・グレイン》があって、ニホン人はショートのほうをたべる。米もおいしい。ただし、ヨーロッパやアメリカ、このオーストラリアも電気レンジだから、かなり注意してないとゴハンを焦がす。

それに、外国で自分で料理をつくる方は、ニホンからマナイタとお玉杓子をもっていくこと。料理用品はなんでもそろっている台所でも、この二つはない。

シドニーの友人のオフィスに、オーストラリア人の女性の秘書がいたが、午後五時になると、さっとかえっていく。やりかけの仕事もそのままにして、というわけではない。ちゃんと考えて、五時までには仕事をおえている。

ぼくもアメリカ人とはたらいているときは、そんなふうだった。ほかのニホン人は残ってはたらいたりしていたが、アメリカ人の上司は、よくはたらくとほめてくれるどころか、かってな残業はいやがった。

オーストラリアでは、ニホン人の若いひとたちのために、Working Holiday という制度がある。はたらきながら勉強ができるという制度だ。ただし、それが、だんだんきびしくなっている。自国内で失業者をかかえているのに、外国人に職をあたえるのは、ということだろう。

シドニーからはニュージーランドのオークランドにいき、クライストチャーチにうつり、メルバン（メルボルン）にもいて、ニホンにかえってきた。

ずっとホテルには泊らず、フラット（部屋）をかりていた。このほうが、部屋もいくつかつかえてひろいし、ホテルみたいに一部屋にとじこめられている感じがない。そして、ホテルにくらべると、やはりフラット代はやすい。寝具も家具も台所用品もみなそろっていて、いいことばかりだ。

どこかに、すこし長くいるときは、部屋を借りるにかぎる。その気になれば、部屋を見つけるのはそんなにむずかしくはない。

というわけで、一年のうち四か月ぐらいは外国の町にいる。べつに用もなく、ただぼんやりしている。なにかを得ようというのではなく、ことさら捨てる気もなく、くりかえすが、ぼんやりしている。

昼間はバスにのり、夜は地元のビールに四リットル入りのカスクのワイン、ジンも飲む。ついでだが、星はいっぱいでてるけど、現地のひとにきいても、どれが南十字星かはわからない。

マドリッドの動物園

スペインのマドリ（ッド）の動物園にいった。これで世界の三大動物園をぜんぶまわった、と同行者《パートナー》のマリはよろこんでいる。ほかの二つの動物園は、アメリカ西海岸サンディエゴの動物園とオーストラリアのシドニーのタロンガ動物園。

サンディエゴはメキシコとの国境の町だ。また太平洋方面のアメリカ最大の軍港だとか。ここの動物園はひろい。なんどもでかけていって、黄金（こがね）色に毛なみがかがやいている中国のめずらしい猿金絲猴《きんしこう》なども見たことがある。中国から動物使節としてやってきたのだ。しかし広大な動物園なので、まだ一部しか見ていない。

シドニーのタロンガ動物園はフェリーにのっていく、シドニーの町に深く大きくはいりこんだ湾の対岸にあるのだ。このフェリーがつくところのそばに航空母艦の廃艦が係留してあったが、こんどいったらなくなっていた。この航空母艦はニホンの商社のものだときいた。海上自衛隊には航空母艦はないのに、商社が廃艦の航空母艦をもっているとは。

タロンガ動物園にもなんどもいったが、オーストラリアにだけしかいない、卵で生まれて母乳でそだつ珍動物のカモノハシを見た。あんがいちっこくて、ガラスの水槽の表面をせわしなくうごきまわっていた。

マドリの動物園には、ここで生まれてそだったパンダのコドモがいる。だがパンダの子の檻の前にむらがっている人もなく、パンダの子が屈託なくあそんでいるのを、ゆっくりながめていた。中国の広州の動物園でもパンダを見た。広い檻のなかに四匹ぐらいいただろうか。ふざけて取っくみあったりするパンダを、ぼくひとりで見ていた。

マドリの動物園ではみょうな生き物にあった。豚の貯金箱みたいなやつで、大きさはその倍くらい。ちいさな動物だ。毛がなくてすべっこく、ころころふとって、肌もあわいピンク色。ちょいと土を盛りあげて、そのてっぺんに穴をつくり、ぼくたちが声をかけたり手まねきすると、穴のなかにかくれる。

もっとも穴は浅くて、頭はこちらをむいてキョロキョロしている。顔はすごくちっちゃくて、ほんとに豚の貯金箱みたいだ。

そのちっちゃいやつは檻の中にはいなくて、道ばたみたいなところでちょろちょろしている。だから子供がイタズラをする。

ともかく、こんなへんな生き物は、ぼくははじめて見た。動物園で飼ってるのか、モグラのように自然に生きてるものなのか。

マドリ動物園では木の梢に小鳥があつまって、ドングリみたいな実をつついておとしていた。実はたくさんおちてくる。その木の下を通るとき、ぼくの禿げ頭にもぶつかった。おかしな鳴き声の鳥は、ほんのわずか木の実のはしをつついているが、ぜんぜんたべてない実もおおく、それがいっぱい地面におちていた。鳥が地面におりてきて、落ちた実をたべれば効果的なのに、この鳥はばかだなあ。

アムステルダム

どこかにいくと、その土地の酒を飲む。もっとも、日本酒のいわゆる地酒は、たいていヤボったく、味が舌にからんでマズい。みなさん地酒をありがたがるのは、旅情などのセンチメンタル・リーズン（感傷的理由）によるもので、ほとんどの地酒は味が洗練されておらず、甘ったるくてこまる。

べつにぼくは洗練された酒が好みなのではない。前に山梨県から一升壜で送ってもらっていたブドウ酒は壜の底に澱《おり》がたまっていて、東京のデパートの食品売場にだせるようなものではなかった。しかし味は野性的で、豪快だった。

ところが、このブドウ酒がだんだん、それこそ洗練されてきた。澱もすくなくなった。そして味も野性味がなくなり、つまらなくなった。だから、都会風でなく、野性的なブドウ酒をさがして、とりよせている。いっぺんに一升壜で百本。ブドウ酒の色も赤でも白でもなく、渋茶みたいな〝田舎っぽい色〟。

外国の土地の酒を飲む。ニホンには地酒はあっても、その土地のビールはない。ところが外国には土地のビール、つまり地ビールがある。

アメリカ西海岸でも、シアトルあたりでは、レニア・ビールを飲む。ニホンからの移民の一世たちが、望郷のおもいをこめてタコマ富士とよんだレニア山の名前をとったビールだ。レニア山は、シアトルからタコマの町のほうに見えるので、タコマ富士と邦人たちによばれたのだろう。シアトルやタコマの町があるワシントン州の州都の名前のオリンピアというビールもある。

世界的に有名なハイネケン・ビールは、オランダのアムステルダムでは地元のビールだ。アムステルダムの町のなかにハイネケンのビール工場もある。年代物のワインなんかとちがい、ビールは新しいほどいいそうだ。「工場直送のフレッシュなビール」なんて広告ポスターも見かける。

アムステルダムの中央《セントラール》駅のつぎの電停の近くのちいさなホテルにいたときは、ホテルのとなりのとなりのバーで、毎晩、地元のアムステル・ビールを飲んだ。

このバーのビールのグラスは、てきとうに大きく、ビールもわりと冷えていて、おいしかった。

ビールはドイツが本場で、さすがはドイツのビールはおいしい、と言う人がおおいが、これも地酒信仰みたいなものではないか。ドイツのビールがうまいかうまくないかはべつにして、あまり冷えていないのはこまる。

客がはいっていないバーなどでは、生ビールをグラスに注いでから、なんどもなんどもビールの泡きりをやり、そのあいだにビールがあったまってくる。だから、ドイツでビールを飲むなら、客が混んでビールがどんどんでてる店をおすすめする。また、イギリスのエールに似た、すこし色がダークな、アルテ（古い）ビールもおいしい。おかしいのは、イギリスでエールと言ってもつうじなくて、ビターとよんでいた。

これも世界的に有名なギネスは、アイルランドのダブリンでは地元の飲物で、「スタウトをくれ」と言うと、ギネスを注いでだす。男はたいていギネスを飲んでいる。ニホンでは黒ビールといわれてるギネスは色もくろく、味も濃い、夏の暑い日にダブリンで、「こんな日は、スタウト（ギネス）ではヘビイだから、ビターと半々にして飲んでいる」と言った男がいた。

さて、アムステルダムで地元のアムステル・ビールを飲んでるうちに、ジェネヴァをおぼえた。ジェネヴァは透明で強い。ふつうの温度のジェネヴァもあるが、冷蔵庫に甕ごといれてあるのもある。

アムステルダムに住んでいたおおば比呂司さんのお宅でも、凍らせた甕のジェネヴァをなん杯もごちそうになり、すっかり酔っぱらった。

冷凍庫にはいっているから、甕の外側なんかは氷がくっついている。それを、ちいさなグラスにつぎ、ビールを飲みながら、口にふくみ、すいっと喉にながしこむ。口にふくむと言っても、そのつめたさを、みじかい時間たのしむぐらいで、ブランデーのようにちびちびやるわけではない。

アムステルダムでは、すっかりジェネヴァ党になった。ところが、西ドイツのライン河のほとりの町マインツにうつり、ここにも、ジャガイモが原料のジェネヴァがあったが、おいしくなかった。

やはり、ジェネヴァはアムステルダムのバーやおおば比呂司さんのお宅でいただいた冷凍庫にはいったやつがいいらしい。

ぼくはビールのおかわりをするたびに、ジェネヴァのおかわりをし、バーテンが「ジェネヴァは？」ときくほどになった。すると、まわりのオランダ人の客がわらう。ちいさなニホン人がジェネヴァの味をおぼえて、とおかしかったのだろう。

アムステルダムのそのバーの名前はしらない。電車通りのむかいのバーは有名な伝説の船長の名前「フライング・ダッチマン（さまよえるオランダ人）」だが、自分が毎晩飲んでるバーの名前はわからない。ま、そんなもので、バーの名前なんかはどうでもいい。バーのカウンターの下に、古びた金具のホックがついていて、そこに、ぼくは、いつも肩からぶらさげてたバッグをひっかけた。

カウンターの下にこういうホックがあるのはたいへんに便利だが、こんなのをニホンで見かけたのは、神戸の板宿の飲屋ぐらいだ。地元のひとたちしか飲みにこないちいさな店だけど、店のオヤジさんは、どこでこんなホックを見て、自分の店にもつけたのか。あ、この飲屋の名前もわからない。

アムステルダムのジェネヴァが飲みたくて、あれからなんども、アムステルダムにいった。

巻末エッセイ

逢わずに愛して

末井 昭

ぼくが最初に編集した雑誌は『NEW self』というエロ月刊誌で、最初に原稿を依頼した人が田中小実昌さんでした。

それまで、出版関係の仕事をする友だち2人と千駄ヶ谷のビルに部屋を借りて、主にエロ雑誌のイラストや表紙デザインや漫画やレタリングやレイアウトや版下など、なんでもかんでも引き受けていました。

あるとき、ビニ本（ビニールに入れて売っていたポルノグラフィー）のレイアウトを発注してくれていた森下信太郎さん（のちの白夜書房社長）が事務所にきて、取次を通して売るエロ雑誌をつくれないかと相談されました。見本として週刊誌タイプのエロ雑誌を渡されたのですが、編集はやったことがないのでどうしようか迷っていたら、編集費35万円払うと言われて気持ちが動きました。いまから47年前のことですから、現在の貨幣価値に換算したら70万円ぐらいになります。チマチマ請負仕事をするより儲かるのではないかと思って、引き受けることにしたのでした。

それから急に忙しくなりました。版画をやろうと思ってシルクスクリーンを習っていた美学校もやめて、請負の仕事も縮小して、美学校の友だちにアルバイトで働いてもらうことにしました。

『NEW self』という誌名はぼくがつけたわけではなく、すでに決まっていました。森下さんの会社で『NEW self』というビニ本シリーズを出していたので、そのタイトルを使いたいと言うのです。「新しい自己」ですから、ビニ本とは思えないカッコいいタイトルです。「カッコいいじゃないですか」と森下さんに言うと、「do it yourself の self だよ」と言うのです。オナニーのことでした。

雑誌の企画で重要なのは特集だと思い、創刊号は「女子高生・紺色のベールを剝ぐ」という特集を組みました。女子高生特集なんて月並みだと思われるかもしれませんが、ブルセラブームより15年も前のことで、その当時に女子高生特集をしているエロ雑誌なんかなかったと思います（自慢）。女子高生といっても、ホンモノの女子高生を出すわけにはいかないので、セーラー服を着せたモデルはみんな18歳以上でした（セーラー服を着せてしまえば、みんな女子高生になってしまうのがおもしろい）。

カラーページはビニ本で余った写真を使うとして、巻頭カラーはカメラマンに頼んで、タレントのタマゴの水着写真をグアム島で撮ってきてもらいました。

モノクロページは文章やイラストが入るのですが、いったいだれに文章を頼んだらいいのかわからなくて、知り合いの出版社の社長に、「名前の売れている人でエロっぽい原稿を書いてくれる人はいませんか？」と訊いたら、「コミさんはどう？」と言いました。ぼくは田中小実昌さんの本を読んだことがなかったのですが、テレビに出ている有名人ということは知っていたので、さっそく電話番号を教えてもらい、（失礼なことに）電話で原稿依頼をしました。女子高生特集にエッセイを書いてもらいたかったので、「セーラー服について書いてもらえませんか？」と言うと、どういう雑誌か、どういうことを書けばいいのか一切訊かれなくて「わかりました」の一言でした。

あとで思うと「小実昌さんてすごいよね。なーんにも訊かないんだから」となるのですが、編集が素人のぼくはそういうものだろうと思っていました。このときの先入観で、その後だれに原稿を依頼するときも、相手から訊かれない限り内容のことは「すべてお任せします」になりました。実際、筆者を決めた段階で内容は決まったようなものなので、あれこれ注文しても仕方がないのです。

『NEW self』創刊号の12月号は、１９７５年の10月末に発売になっているので、小実昌さんにお会いしたのは9月だったと思います。場所は東銀座の歌舞伎座に近いビルの2階にある喫茶店でした。その近くに松竹の試写室があり、小実昌さんは映画の試写を観たあとでした。「映画がお好きなんですか？」と訊いたら、甲高い大きな声で「しょうがないんですよ」とおっしゃって、そこで会話が止まってしまいました。

ぼくは初対面の人と話すのが苦手で、おそるおそる切り出した言葉でしたが、「しょうがないんですよ」と言われると何も言えなくなりました。小実昌さんはそんなことを思っていなかったと思いますが、「くだらないことを訊くな」と叱られたような気がして、言葉が出なくなったのです。いただいた原稿は読みもせずカバンにしまって、そそくさと喫茶店を出たと思います。

小実昌さんが言う「しょうがない」は、小実昌さんの口癖のようなもので、そんなに深い意味があるわけではないということがのちにわかるのですが、なんであんなにダサいことを訊いたのだろうという後悔は、その後いつまでも残ることになります。

小実昌さんと別れて電車に乗ってから、いただいた原稿を取り出すと、２００字詰め原稿用紙にミミズが這ったような文字（不思議とスラスラ読めました）が書かれていて、タイトルは「セーラー服のにおい」でした。小実昌さんが（映画の撮影で）セーラー服のスカートをめくって、スカートのなかに頭を突っ込んだことから始まり、セーラー服にまつわるエピソードが次から次へと出てきます。思わず吹き出してしまうようなおもしろい原稿でした。小実昌さんに頼んでよかったと思いました。

小実昌さんにお会いしたのは、その原稿をいただいたときが最初で、それが最後にもなりました。

『NEW self』は5万部出して4万部売れたようで、まずまずのスタートでしたが問題がありました。表紙のデザイン、本文のレイアウト、文章の挿絵もほとんど自分でやっていたのですが、原稿料、表紙撮影のスタジオ代、モデル代、ロケ費用、それにアルバイトの給料などで、35万円をオーバーしてしまったのです。その後も赤字になりながら続けていたのですが、4号目の編集が終わった頃、森下さんからセルフ出版という会社を立ち上げるから、創立メンバーになってほしいと言われました。編集が面白くなってきたのに赤字続きで、どうしようかと思っていたので、迷わず入社させてもらうことにしました。

小実昌さんに、4号目から「おんな時評」という連載を始めてもらうことにしたのですが、これも電話で依頼しました。

原稿が書き上がると、小実昌さんから「原稿をゴールデン街の○○という店に置いておくから」とか、「浅草の○○という店に置いておくから」とかいう電話があり、小実昌さんが行ったあちこちの店に原稿を取りに行くことになりました。もちろん田園調布のご自宅にも行ったし（このときは奥様が渡してくれました）、大久保の路地の奥にある連れ込み旅館にも行ったことがあります。小実昌さんの原稿取りは、小実昌さんが指定したところを探し歩く宝探しみたいな感じで、「今度はどこだろうか」と楽しみにもしていました。

それから2年後、『NEW self』がワイセツ文書販売容疑で警視庁の捜査が入り（堤玲子さんと船知慧さんの小説がワイセツだったようで)、廃刊せざるを得なくなりました。代りに創刊したのが『ウイークエンドスーパー』というエロ雑誌のような映画雑誌のようなA4判の月刊誌でした。この雑誌で小実昌さんに「コミマサ映画雑感」という連載をしてもらうことになりました。この連載も電話での依頼でした。

『ウイークエンドスーパー』は１９８１年まで続いたのですが、売れなくなって廃刊になりました。飛び飛びでしたが6年間も連載してもらったのに、小実昌さんと喫茶店で1回しかお会いしたことがないというのも珍しいのではないかと思います。しかしいま考えてみると、お会いする必要もなかったのではないかと思うのです。ぼくは酒が飲めないし、お会いしてもまたダサいことを訊くんじゃないかと緊張するだろうし、そういうぼくを前に、小実昌さんも困ったと思います。その6年の間に、小実昌さんは直木賞や谷崎潤一郎賞を受賞し、純文学の雑誌にも進出するようになります。

それまで小実昌さんの文章は、連載してもらっていたものしか読んでなかったのですが、お父様とその宗教のことを書いた「ポロポロ」を読んでから、純文学の小実昌さんの小説を読むようになりました。小実昌さんが書くものには、俗っぽいものと哲学的なものがあり、小実昌さんの奥深さを知ったように思いました。

ちなみに、この『ふらふら日記』はその中間に位置するものだと思います。ほどよく楽しめて、ほどよく考えさせられます。何回か出てくる「ぼくのところは、寝てる者は、ぜったいにおこさないことになっている」というところが印象に残ったのですが、これは配慮というより、そういう権限はないということなのではないかと思ったりしました。

　妻の神藏美子は、『たまゆら』（1998年刊）という有名人女装写真集で小実昌さんに修道女になってもらってから（この写真が素晴らしい）、小実昌さんの文学作品とお父様の田中遵聖《じゅんせい》氏（牧師）に興味を持ち、遵聖氏の礼拝説教集『主は偕《とも》にあり　田中遵聖先生ご説教集』の復刻の仲立ちもしました。その改訂復刻版『主は偕にあり　田中遵聖説教集』は、2019年に新教出版社から出版されました。夫婦揃って小実昌さんのファンなのです。

　神藏美子が、田中小実昌没後20年に『文學界』（2020年6月号）に書いた「聖《セント》コミマサと奇蹟の父」というエッセイに、次のような箇所があります。

　井上忠さんの追悼文に「新宿はずれの屋台、通路とも言えない狭い路地裏の不思議な赤ちょうちんに連れてゆかれた時など、その行き止まりの空間に『田中先生がきた、田中先生がきた』という囁きが、そよ風のように行き渡り、からだに障害のある夜のおんなたちの群れが、どこからか湧いてでて、満身に懐かしさを浮かべながらしんそこ嬉しそうに寄ってきた。それはルオーの『路地裏のキリスト』と似通うほのぼのとした慈しみの現場であった」（『ユリイカ　田中小実昌の世界』）という一節がある。わたしも、田中先生、田中先生と、後を追っていたのか。

引用の引用みたいになりますが、ここに書かれていることは本当にあったことだと思います。そして井上忠（哲学者）さんが書いている「その行き止まりの空間」に、ぼくも行ったことがあるように思いました。

小実昌さんとではなく、小実昌さんが置いた原稿を取りに行った、あの大久保の連れ込み旅館あたりがその場所だったのではないかと思うのです。

＊タイトルは、ぼくがカラオケでよく歌う内山田洋とクール・ファイブの曲名から拝借しました。

（すえい・あきら　エッセイスト）

『ふらふら日記』一九八七年九月、毎日新聞社刊

編集付記

一、本書は『ふらふら日記』（一九八七年九月、毎日新聞社）を底本とし、文庫化したものである。

一、底本中、明らかな誤植と考えられる箇所は訂正し、難読と思われる語には新たにふりがなを付した。ただし、本文中の運賃や地名などは刊行当時のままである。

一、本文中に今日の人権意識に照らして不適切な語句や表現が見受けられるが、著者が故人であること、執筆当時の時代背景と作品の文化的価値を考慮し、底本のままとした。

中公文庫

ふらふら日記《にっき》

2022年3月25日　初版発行

著　者　田《た》中《なか》小《こ》実《み》昌《まさ》

発行者　松田 陽三

発行所　中央公論新社
〒100-8152　東京都千代田区大手町1-7-1
電話　販売 03-5299-1730　編集 03-5299-1890
URL https://www.chuko.co.jp/

ＤＴＰ　平面惑星
印　刷　三晃印刷
製　本　小泉製本

Published by CHUOKORON-SHINSHA, INC.
Printed in Japan　ISBN978-4-12-207190-2 C1195

定価はカバーに表示してあります。落丁本・乱丁本はお手数ですが小社販売部宛お送り下さい。送料小社負担にてお取り替えいたします。

各書目の下段の数字はISBNコードです。978-4-12が省略してあります。

中公文庫既刊より

た-24-3
ほのぼの路線バスの旅
田中小実昌

バスが大好き——。路線バスで東京を出発して東海道を西へ、山陽道をぬけて鹿児島まで。コミさんのノスタルジック・ジャーニー。〈巻末エッセイ〉戌井昭人

206870-4

た-24-4
ほろよい味の旅
田中小実昌

好きなもの——お粥、酎ハイ、バスの旅。「味な話」「酔虎伝」「ほろよい旅日記」からなる、どこまでも自由で楽しい食・酒・旅エッセイ。〈解説〉角田光代

207030-1

い-38-3
珍品堂主人　増補新版
井伏鱒二

風変わりな品物を掘り出す骨董屋・珍品堂を中心に善意と奸計が織りなす人間模様を鮮やかに描く。関連エッセイを増補した決定版。〈巻末エッセイ〉白洲正子

206524-6

い-38-4
太宰治
井伏鱒二

師として友として太宰治と親しくつきあった井伏鱒二。二十年ちかくにわたる交遊の思い出や作品解説など太宰に関する文章を精選集成。〈あとがき〉小沼丹

206607-6

い-38-5
七つの街道
井伏鱒二

篠山街道、久慈街道……。古き時代の面影を残す街道を歩いて、史実や文献を辿りつつ、その今昔を風趣豊かに描いた紀行文集。〈巻末エッセイ〉三浦哲郎

206648-9

う-9-4
御馳走帖
内田百閒《ひゃっけん》

朝はミルク、昼はもり蕎麦、夜は山海の珍味に舌鼓をうつ百閒先生の、窮乏時代から知友との会食まで食味の楽しみを綴った名随筆。〈解説〉平山三郎

202693-3

う-9-5
ノラや
内田百閒

ある日行方知れずになった野良猫の子ノラと居つきながらも病死したクルツ。二匹の愛猫にまつわる愛情と機知とに満ちた連作14篇。〈解説〉平山三郎

202784-8

う-9-6
一病息災
内田　百閒
持病の発作に恐々としつつも医者の目を盗み麦酒をがぶがぶ……。ご存知百閒先生が、已の病、身体、健康について飄々と綴った随筆を集成したアンソロジー。
204220-9

う-9-7
東京焼盡《しょうじん》
内田　百閒
空襲に明け暮れる太平洋戦争末期の日々を、文学の目と現実の目をないまぜつつ綴る日録。詩精神あふれる稀有の東京空襲体験記。
204340-4

う-9-10
阿呆の鳥飼
内田　百閒
鶯の鳴き方が悪いと気に病み、漱石山房に文鳥を連れて行く……。『ノラや』の著者が小動物たちとの暮らしを綴る掌篇集。〈解説〉角田光代
206258-0

う-9-11
大貧帳
内田　百閒
お金はなくても腹の底はいつも福福である――質屋、借金、原稿料……飄然としたなかに笑いが滲みでる。百鬼園先生独特の諧謔に彩られた貧乏美学エッセイ。
206469-0

う-9-12
百鬼園戦後日記Ⅰ
内田　百閒
『東京焼盡』の翌日、昭和二十年八月二十二日から二十一年十二月三十一日までを収録。掘立て小屋の暮しを飄然と綴る。〈巻末エッセイ〉谷中安規（全三巻）
206677-9

う-9-13
百鬼園戦後日記Ⅱ
内田　百閒
念願の新居完成。焼き出されて以来、三年にわたる小屋暮しは終わる。昭和二十二年一月一日から二十三年五月三十一日までを収録。〈巻末エッセイ〉高原四郎
206691-5

う-9-14
百鬼園戦後日記Ⅲ
内田　百閒
自宅へ客を招き九晩かけて還暦を祝う。昭和二十三年六月一日から二十四年十二月三十一日まで。索引付。〈巻末エッセイ〉平山三郎・中村武志〈解説〉佐伯泰英
206704-2

う-9-15
追懐の筆　百鬼園追悼文集
内田　百閒
夏目漱石、芥川龍之介ら文学者から、親友・宮城道雄、学生、飼猫クルツまで。哀惜をこめてその死を悼み、思い出を綴る。文庫オリジナル。〈解説〉森まゆみ
207028-8

各書目の下段の数字はISBNコードです。978-4-12が省略してあります。

う-9-16　蓬莱島余談　台湾・客船紀行集　内田百閒
台湾へもう一度行き度くて夢に見る様である――友人に招かれ鉄路で縦断した台湾をはじめ、日本郵船での太平洋戦争直前の客船紀行を集成。〈解説〉川本三郎
207165-0

ひ-37-1　実歴阿房列車先生　平山三郎
阿房列車の同行者〈ヒマラヤ山系〉にして国鉄職員だった著者が内田百閒の旅と日常を綴った好エッセイ。人物像を伝えるエピソード満載。〈解説〉酒井順子
206639-7

ひ-37-2　百鬼園先生雑記帳　附・百閒書簡註解　平山三郎
「百閒先生日暦」「『冥途』の周辺」ほか阿房列車でお馴染み〈ヒマラヤ山系〉による随筆と秘蔵書簡への詳細な註解。百鬼園文学の副読本。〈解説〉田村隆一
206843-8

あ-13-4　お早く御乗車ねがいます　阿川弘之
にせ車掌体験記、日米汽車くらべなど、日本のみならず世界中の鉄道に詳しい著者が昭和三三年に刊行した鉄道エッセイ集が初の文庫化。〈解説〉関川夏央
205537-7

あ-13-5　空旅・船旅・汽車の旅　阿川弘之
鉄道のみならず、自動車・飛行機・船と、乗り物全般に並々ならぬ好奇心を燃やす著者。高度成長期前夜の交通文化が生き生きとした筆致で甦る。〈解説〉関川夏央
206053-1

あ-13-6　食味風々録　阿川弘之
生まれて初めて食べたチーズ、向田邦子との美味談義、海軍時代の食事話など、多彩な料理と交友を綴る、自叙伝的食随筆。〈巻末対談〉阿川佐和子〈解説〉奥本大三郎
206156-9

あ-13-8　完全版　南蛮阿房列車（上）　阿川弘之
北杜夫ら珍友・奇人を道連れに、異国の鉄道を乗りまくる。ユーモアと臨場感が満載の鉄道紀行。上巻は「欧州畸人特急」から「最終オリエント急行」までの十篇。
206519-2

あ-13-9　完全版　南蛮阿房列車（下）　阿川弘之
ただ汽車に乗るためだけに、世界の隅々まで出かけた紀行文学の名作。下巻は「カンガルー阿房列車」から「ピラミッド阿房列車」までの十篇。〈解説〉関川夏央
206520-8

い-3-11
のりものづくし
池澤夏樹
これまでずいぶんいろいろな乗り物に乗ってきた。地下鉄、バス、カヤックに気球から馬まで。バラエティ豊かな乗り物であっちこっち、愉快痛快うろうろ人生。
206518-5

た-43-2
詩人の旅 増補新版
田村隆一
荒地の詩人はウイスキーを道連れに各地に旅立った。北海道から沖縄まで十二の紀行と「ぼくのひとり旅論」を収める〈ニホン酔夢行〉。〈解説〉長谷川郁夫
206790-5

ふ-2-5
みちのくの人形たち
深沢七郎
お産が近づくと屏風を借りにくる村人たち、両腕のない仏さまと人形――奇習と宿業の中に生の暗闇を描いた表題作をはじめ七篇を収録。〈解説〉荒川洋治
205644-2

ふ-2-6
庶民烈伝
深沢七郎
周囲を気遣って本音は言わずにいる老婆（「おくま嘘歌」）、美しくも滑稽な四姉妹（「お燈明の姉妹」）ほか、烈しくも哀愁漂う庶民を描いた連作短篇集。〈解説〉蜂飼耳
205745-6

ふ-2-7
楢山節考／東北の神武たち 深沢七郎初期短篇集
深沢七郎
「楢山節考」をはじめとする初期短篇のほか、伊藤整・武田泰淳・三島由紀夫による選評などを収録。文壇に衝撃をもって迎えられた当時の様子を再現する。〈解説〉小山田浩子
206010-4

ふ-2-8
言わなければよかったのに日記
深沢七郎
小説「楢山節考」でデビューした著者が、武田泰淳、正宗白鳥ら畏敬する作家との交流を綴る文壇日記。巻末に武田百合子との対談を付す。〈解説〉尾辻克彦
206443-0

ふ-2-9
書かなければよかったのに日記
深沢七郎
ロングセラー『言わなければよかったのに日記』の姉妹編（『流浪の手記』改題）。飄々とした独特の味わいとユーモアがにじむエッセイ集。〈解説〉戌井昭人
206674-8

や-1-2
安岡章太郎 戦争小説集成
安岡章太郎
軍隊生活の滑稽と悲惨を巧みに描いた長篇「遁走」ほか、短篇五編を含む文庫オリジナル作品集。巻末に開高健との対談「戦争文学と暴力をめぐって」を併録。
206596-3

各書目の下段の数字はＩＳＢＮコードです。978－4－12が省略してあります。

や-1-3
とちりの虫　安岡章太郎
ユーモラスな自伝的回想、作家仲間とのやりとり、鋭く笑える社会観察など、著者の魅力を凝縮した随筆集。阿川弘之と遠藤周作のエッセイも収録。〈解説〉中島京子
206619-9

や-1-4
私の濹東綺譚　増補新版　安岡章太郎
名作の舞台と戦争へと向かう時代を合わせて読み解く、昭和の迷宮への招待状。評論「水の流れ」を増補し、荷風『濹東綺譚』を全編収載。〈解説〉高橋昌男
206802-5

や-1-5
利根川・隅田川　安岡章太郎
流れに魅せられた著者が踏査したユニークな利根川紀行と、空襲前の東京の面影をとどめていた隅田川の思い出を綴った好エッセイ。〈巻末エッセイ〉平野　謙
206825-4

よ-5-8
汽車旅の酒　吉田　健一
旅をこよなく愛する文士が美酒と美食を求めて、金沢へ、そして各地へ。ユーモアに満ち、ダンディズムが光る汽車旅エッセイを初集成。〈解説〉長谷川郁夫
206080-7

よ-5-9
わが人生処方　吉田　健一
独特の人生観を綴った洒脱な文章から名篇「余生の文学」まで。大人の風格漂う人生と読書をめぐる随想集。吉田暁子・松浦寿輝対談を併録。文庫オリジナル。
206421-8

よ-5-10
舌鼓ところどころ／私の食物誌　吉田　健一
グルマン吉田健一の名を広く知らしめた「舌鼓ところどころ」、全国各地の旨いものを紹介する「私の食物誌」。著者の二大食味随筆を一冊にした待望の決定版。
206409-6

よ-5-11
酒　談　義　吉田　健一
少しばかり飲むというの程つまらないことはない――。飲み方から各種酒の味、思い出の酒場まで、ユーモラスに綴る究極の酒エッセイ集。文庫オリジナル。
206397-6

よ-5-12
父のこと　吉田　健一
ワンマン宰相はワンマン親爺だったのか。長男である著者の吉田茂に関する全エッセイと父子対談「大磯清談」を併せた待望の一冊。吉田茂没後50年記念出版。
206453-9